御庭番宰領

大久保智弘

時代小説
二見時代小説文庫

目次

水妖伝

――御庭番宰領

刺客

一

江戸はすでに秋だった。

遠国御用（おんごくごよう）から帰ってきた鵜飼兵馬（うかいひょうま）は、大川端の土手をぶらぶらと歩きながら、今夜のねぐらを探していた。

白帆をあげた上り下りの荷船が、にぎやかに揺曳（ようえい）している大川端には、江戸湾から吹き寄せてくる潮の匂いが、微かにただよっている。

大川を満たす水の流れは、砕け散った鏡面のように、きらきらと光るさざ波を立てて、岸辺に浮かぶ水藻を、寄せたり返したりして洗っている。真昼の陽を受けて川面に照り返す光が眼に眩しかった。

数カ月にわたって弓月(ゆづき)の山中を探索してきた兵馬には、大川端にただようほのかな潮の香りさえ、なつかしいものに思われた。

「もし、旦那。旦那じゃござんせんか」

両国橋を渡ろうかどうか思案していたとき、兵馬は橋のたもとで数人の子分を従えた博徒風の男から声をかけられた。

「やっぱり旦那だ。いきなり江戸から消えなすったが、いつ帰って来られたんで。知らせてくださりゃ、お迎えに上がりましたのに。水くせえじゃあござんせんか」

妙に粘っこい口調で話しかけてきたのは、兵馬が用心棒に雇われていた駒蔵の賭場(とば)に、古くから出入りしていた『突っ張り』の三次で、近ごろ隠れ博打の代貸(だいがし)として、裏の世界で売り出し中の男だった。

「大仰(おおぎょう)なことを申すな。気の向くままに、ふらりと立ち寄ったまでのことだ」

兵馬はそっけない口調で応じた。

賭場の用心棒をして日銭を稼いでいた鵜飼兵馬が、公儀御庭番倉地文左衛門(くらちぶんざえもん)の宰領(さいりょう)となって弓月藩に潜入したのは、まだ夏が始まったばかりの頃だった。

もう少しで弓月藩の秘密が暴かれようとしたとき、兵馬は藩を挙げての隠密狩りに遭って、危うく命を落としそうになった。

しかし兵馬がほんとうの窮地に陥ったのはその後のことで、闇にまぎれて倉地を逃がしたあと、兵馬はなお数十日にわたって弓月領内にとどまっていたのだ。

旧知の魚沼帯刀（うおぬまたてわき）に捕らえられ、なんの吟味もないまま弓月城内に幽閉されていた期間を加えれば、兵馬が江戸を離れていた日々は決して短いものではなかった。

ようやくのことで窮地を脱し、久しぶりに帰ってきた江戸の秋風が、ひとしお身に沁みるのも無理はなかった。

御庭番宰領となって遠国御用に出掛けるときは、暮らしの痕跡を人知れず消しておかなければならない。

そのために、用心棒をしていた賭場からも遠ざかったし、腐れ縁のある花川戸（はなかわど）の駒蔵ともそれとなく縁を切った。

江戸を離れるときは、小袖（こそで）と住んでいた蛤（はまぐり）町の裏長屋も引き払っている。蛞蝓（なめくじ）長屋と陰口を言われている裏店の大家が、あの部屋をいつまでも空けたままにしておくはずはない、と思ったが、他に当てもないまま、兵馬の足は深川の蛤町に向かっていた。

江戸に帰ったら、まず倉地文左衛門の安否を確かめなければ、と思っていたが、真っ昼間から公儀隠密の役宅を訪ねることはできない。

それに小袖のこともある、と兵馬は思った。なにも理由を言わないまま、小袖の世話を始末屋お艶に押し付けてきた。世間の義理から言えば、あの娘を引き取ることを何よりも先にすべきだろう。

「失礼でござんすが、今夜の泊まるところはあるんですかい」

三次は値踏みでもするかのように、じろじろと兵馬の身なりを見ていたが、すぐに眼をあげてにやりと笑った。

「あっしも近頃は賽の目が出てきましてね。旦那のひとりや二人は養えねえことはねえんですよ。さっそくでござんすが、賭場の用心棒を引き受けてもらえませんかい。この頃は景気もさっぱりだが、手当の方はせいぜいはずましてもらいますぜ」

江戸を発つとき、兵馬は賭場の用心棒から足を洗うつもりでいた。御庭番の倉地文左衛門から、今回の遠国御用を無事に務めれば、公儀のお取り立てで士分に戻れるかもしれぬ、と匂わされていたからだ。

しかしそれも望み薄だ、といまは思っている。今回の遠国御用では、間一髪のところで大掛かりな隠密狩りに遭い、御庭番の倉地を窮地から逃がすのがやっとで、弓月藩の秘密を暴き出すことはできなかった。

ところがそれは表向きのことで、闇にまぎれて倉地を逃がしたあと、兵馬は執政の魚沼帯刀に懇願されて、弓月藩の秘密を隠蔽するために働いている。

もしもこのことが幕閣に知れたら、公儀を欺いた不逞の輩として、凄腕の刺客を差し向けられるに違いない。

倉地文左衛門が江戸に帰っていたら、将軍家に差し出した風聞書にどのようなことを書いたのか、確かめておく必要がある。

場合によっては、長年一緒に仕事をしてきた倉地を、敵にまわすことにもなり兼ねないのだ。そのことを思うと、兵馬はひどく億劫な気分になってしまう。

長い浪人暮らしのあいだ、ともすれば崩れそうになる兵馬を支えていたのは、市井に埋もれてもなお持ち続けてきた武士としての矜持だった。

しかし遠国御用の密命を帯びて弓月藩に乗り込み、期せずして藩の政争に巻き込まれているうちに、そんな気持ちは急激に褪せてしまった。

十五年前の兵馬は、弓月藩の剣術指南役を務めていた。脱藩して江戸に出たが、士分に戻りたいという兵馬の執着が、皮肉にも郷里の、かつて自分が仕えていた藩を、窮地に追い込んでしまったのだ。

弓月藩との恩讐を断ち切ってからは、武士身分への執着も、以前ほど強いものではなくなっている。

士分に戻ることができるかもしれない、というかすかな望みを抱いて、兵馬は御庭番倉地文左衛門の宰領として働いてきたが、武士への執着が薄れてしまった今となっては、あえて陰の働きを続けなければならない理由もない。

おのれの食い扶持くらいはどうにでもなる、と思ってはいるが、日銭を稼いで食いつないでゆくとしたら、とりあえずは賭場の用心棒にでも戻るほかはなかった。

「また賭場荒らしに苦しめられているのか」

遠国御用で江戸を離れる前、兵馬はまだ駆け出しの三次に頼まれて、賭場荒らしの男たちを懲らしめてやったことがある。

「あの手の連中に、勝手な真似はさせません」

三次はきっぱりとした口調で言ってから、ずるそうに顔を歪めて笑った。

「いまは花川戸の親分も落ち目になって、昔のように賭場を開くこともねえようです。そうなりゃ、あっしが羽振りを利かせる番ですぜ。旦那があっしの賭場に座ってくださるだけで、博打場の政権交代がはっきりするってもんです」

兵馬を用心棒に雇うようになってから、花川戸の駒蔵は浅草一帯の賭場を仕切る大親分になった。売り出し中の三次は、柳の下の泥鰌をねらっているらしい。

「気に入らんな」

兵馬は吐き捨てるように言った。

「あのとき、賭場とは縁を切る、と言ったはずだ」

三次は呆れ顔をして、赤い舌で上唇をぺろりとなめた。

「駒蔵には渡世の義理がある。賭場の用心棒に戻るとしたら駒蔵のところだ」

呆気に取られている三次に鋭い一瞥をくれると、もう用はなかろう、と言い捨てて、兵馬は飄然とした足取りで歩きだした。

「待っていますぜ」

去ってゆく兵馬の背に向かって、突っ張りの三次は声をかけた。

「旦那はどう足掻いたって、賭場の用心棒しかできねえお方だ。いつかはこの世界に舞い戻って来なさるに違えねえ。そのときにゃあ、旦那の働き口はこの三次の賭場しかねえはずだ。いつまでも気長に待っておりやすぜ」

捨てぜりふのように聞こえたが、子分たちを従えた三次の声は、売り出し中の男がもつ妙な自信にあふれていた。

嫌な奴だ、と思いながら、兵馬は見返ることもなく足を早めた。昔の子分から、落ち目になったと言われては、花川戸の駒蔵も立つ瀬がなかろう。

これからは、あの手の連中が羽振りを利かせることになるのか、と思うと、何故か人ごとならず腹が立った。

駒蔵のところでも訪ねてみようか、とふと思った。大川端に沿って、御米蔵(おこめぐら)から浅草黒松町、諏訪(すわ)町、駒形(こまがた)町、並木町、竹町と北上してゆけば、吾妻橋(あづまばし)のたもとから駒蔵が住んでいる花川戸に出る。

どうせ当てのない身だ、また日銭稼ぎを始めるとしたら、さしあたっては駒蔵の賭場にでも出るほかはあるまい。

大川端に吹き寄せる風は、かすかな潮の香りを運んで来たはずだが、兵馬はもうその匂いを感じることができなかった。

二

兵馬は浅草の花川戸にはゆかず、そのまま両国橋を渡ると、竪川(たてかわ)の河岸(かし)に沿って本所入江町へ向かった。小袖が待っているだろう、と気になったのだ。

小柄で童女のように見える小袖を、兵馬はいつまでも子供のように扱ってきたが、年の頃からすれば、そろそろ娘らしさが身に着いてきてもよい。

遠国御用で家を空(あ)けてばかりいた兵馬は、小袖に娘らしいことをしてやれなかったという痛みがある。

兵馬が訪ねてゆく本所入江町には『始末屋お艶』と呼ばれている女俠客がいる。お艶は甲州屋路地の岡場所を仕切っている始末屋で、女郎衆や遊客に揉め事があれば、すぐにその場へ駆けつけ、文字通り身体を張って始末をつける。

お艶は色気と度胸で知られた女で、刃物をふりまわす乱暴者の前で素っ裸になって、たじろぐ相手を素手で取りひしいだという武勇伝も、一度や二度のことではない。

入江町の女郎衆や吉田町の夜鷹、猪ノ堀の船饅頭は、町内安堵の首代として始末屋お艶に、一晩四文の上げ銭を収めている。

その利権をねらって、天神の伊助という博徒が卑劣な喧嘩を仕掛けてきたとき、兵馬は大勢の殺し屋たちを相手に大立ち回りをして、お艶の窮地を救ったことがある。

そのときの縁もあって、兵馬はお艶のところに小袖をあずけたのだ。

お艶は気っ風のよい女で、理由を尋ねることもなく引き受けてくれたが、いきなり女俠客にあずけられたことを、小袖がどう思っているかはわからない。

大川端から本所元町の街並みを抜けると、町家の突き当たりが回向院で、境内の万人塚には明暦の大火で焼死した十万余人の犠牲者を供養している。

広い境内はいつも参拝者であふれているが、今では焼死者の供養というよりも、繁華な盛り場を求めて集まってくる物見遊山の客たちでにぎわっている。

たまには小袖に土産物でも買ってやろう、と兵馬は柄（がら）にもなく屋台をひやかしてみたが、無骨者の兵馬に、娘の喜びそうなものを選ぶことなどできるはずはなかった。

他になにも思いつくものがないまま、兵馬は赤い珊瑚（さんご）の玉がついた銀の簪（かんざし）を買った。弓月領を出るとき、執政の魚沼帯刀から多額の餞別をもらっているので、いまのところ兵馬の懐はいつになく暖かい。

「同じものを、もうひとつくれ」

兵馬はふと思いついて追加した。始末屋お艶の黒髪に、赤い珊瑚が似合いそうな気がしたからだ。

「生憎ですが、これと同じものはありません」

簪売りのおやじは、商売人のくせにひどく愛想が悪かった。世渡りの下手な偏屈者かもしれないが、売り物の品質にはよほど自信があるらしく、値の高い上出来の簪ばかりをそろえてある。

兵馬はその中から水晶の玉を飾った銀簪を選んだ。二羽の鶴を図案化した繊細な銀細工に、水晶のふたつ玉を連ねた精巧な作りで、透明な輝きが思いのほか華やいでみえる。

「お目が高けえ、と言いたいところが、これを買うのはよした方がいい」

いかにも無遠慮な言い方をされ、さすがに兵馬もむっとした。

「なぜだ」

「そいつは飾り職人が腕によりをかけた逸品で、だれにでも挿せるという代物じゃあねえ。これに負けねえようないい女は、始末屋のお艶姐さんくらいしかありませんぜ」

売り手が手放したくないほどの細工物か、と兵馬はますます気が動いた。

「無礼なことを言う奴だな」

そのお艶に挿させるのだ、と口に出して言いたいところを、兵馬は込みあげてくる笑いと一緒に抑え込んだ。

お艶の死んだ亭主喜三郎は、入江町の女郎たちに櫛や簪を売っていた小商人だった。ところが、なじみになった女郎たちの相談に乗っているうちに、簪売りよりも色街のいざこざを収める始末屋の方が本業になった。

喜三郎が間に立って手打ちをすれば、まとまらない話はないと言われるほど、この業界では評判になった。

喜三郎は女郎たちの『首代』となって何度か獄につながれ、とうとう鈴ヶ森で獄門に架けられた。お艶は星もない闇夜に、刑場から亭主の首を取り戻してくると、女郎たちを呼び集めて盛大な法要を営んだという。

喜三郎がはじめた『始末屋』は、入江町の女郎たちに請（こ）われるまま、若後家のお艶が跡（あと）を継いだ。

この簪売りは、たぶん獄死した喜三郎と同業だった誼（よし）みから、いまもお艶のところに出入りしている男に違いない、と兵馬は思った。

簪売りのおやじが妙に馴れ馴れしい口を利くのは、お艶のところで兵馬の姿を見かけたことがあるからかもしれない。お艶との仲をからかわれているのだ、と兵馬は思った。

「それをもらおう」

兵馬がむっとした口調で押し通すと、おやじはへいへいと急に愛想のよい笑いを浮かべながら、いかにも大切そうに、二羽の鶴を彫り込んだ銀簪を包んでいる。

「お艶姐さんに、よろしく」

にわかに上機嫌になったおやじは、そう言って片目を瞑（つむ）ってみせた。かなり高額の銀簪を、兵馬が言い値で買ったことに気をよくしているらしい。

お艶はずいぶん顔が広いのだな、と思いながら、兵馬は本多内蔵助（くらのすけ）屋敷の角を右に曲がって、東西に真っすぐ掘割が続いている竪川に出た。

　本所相生町は、竪川に沿って一丁目から五丁目まで並び、その先には緑町がやはり五丁目まで、竪川の河岸に細長く延びている。

　その先の花町から左に曲がれば、始末屋お艶の住んでいる本所入江町になる。江戸の庶民が住んでいる町家は、武家屋敷街の外郭を縁取るようにして、竪川の河岸に沿って細長く続いているのだ。

三

　始末屋お艶の店は、商品を扱っているわけではないのに、表通りに面した広い三和土が目立つ特殊な造りだった。

　玄関の開口部は、竪川と直角に交わっている亥ノ堀川（横川）に面しているので、乱反射する川明かりをほのかに受けて、店の中には、ぼんやりとした柔らかい光がただよっている。

　広い三和土は、箒の目も新たに掃き清められて塵ひとつない。そんなところにも、さっぱりしたお艶の気質があらわれているらしい。

店先の暖簾（のれん）をくぐると、赤い襷（たすき）を掛けた小娘が柄杓（ひしゃく）を使って三和土に水を撒（ま）いていた。

「ものを尋ねるが」

兵馬が声をかけると、小娘はびくっと全身をふるわせ、恐ろしいものでも見るかのように、ゆっくりとふり返った。

小娘は着物の裾を帯に挟んで、ひざ小僧が出るほど思い切りたくしあげていた。ふくら脛（はぎ）まで剝（む）き出しにされた白い脚は、川明かりを映して淡い薄桜色に輝いている。

兵馬は思わずどきっとした。童女のような小娘は、数カ月ぶりに見る小袖だった。

「小袖か。いま戻った」

兵馬はいつものように小腰を屈（かが）めて呼びかけた。以前なら、小袖は小さな身体を弾（はず）ませて、兵馬の腕の中に勢いよく飛び込んできた。しかし小袖は驚いたような顔をしたまま、その場から動かなかった。

「どうしたのだ、小袖」

兵馬が呼びかけても、小袖はなぜかとまどったような顔をして、濡れた三和土の片隅に立ち竦（すく）んでいる。

「まあ、お帰りだったんですか」

玄関先の気配を察したお艶が、不意の来訪者が兵馬と知って、奥の間からいそいそと走り寄ってきた。

お艶は入江町の印半纏を肩に羽織って、竜胆を白く染め抜いた臙脂の袷に、胡蝶が乱れ飛ぶ図柄をあしらった鬱金の帯を締めている。思いがけないお艶のあでやかな姿に、兵馬は柄にもなく戸惑いを感じた。

「小袖を、受け取りに参った」

兵馬はお艶と眼を合わせないようにして、ぶっきらぼうな口調で言った。

「そんなにお急ぎになることは、ないじゃありませんか。今夜お泊まりになる所は、あるんですか」

まあまあ、お上がりになってくださいな、とお艶は如才なくあしらって、渋る兵馬の手を取るようにして、とりあえず帳場の奥にある小座敷まで招き入れた。

「小袖ちゃん、こちらにいらっしゃい」

兵馬が渋々と座に着くと、お艶は三和土に立ったままの小袖を呼んだ。小袖はゆっくりと赤い襷をはずし、膝までたくしあげていた裾を下ろした。その動作がいつになく鈍い。

「今夜の宿など心配はいらぬ。住み慣れた蛤町あたりを捜してみるつもりだ」

法被姿の若い衆がお茶を置いて出てゆくのを待って、兵馬はお艶が言いかけていたことに返答した。

お艶は袖口でそっと口元を隠して、おほほほほ、と女侠客らしからぬ色っぽい姿態をつくって笑った。

「いやですよ、ほんの冗談なのに。今夜は遠慮なく泊まってくださいな。若い衆の部屋がいくらでも空いていますから」

旦那はお茶なんかより、お酒の方でしたよね、うちの若い衆ときたら、ほんとうに気が利かないんだから、と言いながら、お艶はもう兵馬が泊まってゆくものと決めつけているようにみえた。

「そうも参らぬ。むやみに怪しい男を引き込んだりしたら、始末屋お艶の名が廃るぞ」

兵馬は冗談のように言うと、そぼろ助廣の大刀を杖にして立ち上がった。

「小袖、参るぞ」

兵馬がふり返って促すと、小袖は黙ったまま左右にゆっくりと首を振った。

「どうした。蛤町にもどるのだ」

小袖は大きな眼を見開いて、視点も動かさず兵馬の顔を見つめている。

「もう蛤町に、あたいの家なんてないわ」

小袖は妙にゆっくりとした口調で、はじめて口をひらいた。

「なければ他の裏店(うらだな)を捜せばよい。わたしと一緒にゆこう」

小袖が何をぐずっているのか、兵馬にはわからなかった。

「でも……」

小袖は不意に兵馬から眼をそらせた。

「いつも側にいると、言ってくれたのに」

そんな約束をしたこともある。しかしそれは、童女だった小袖の寂しさを慰めるための方便にすぎなかった。

「だからこうして帰ってきたのではないか」

「急にいなくなって。死んでしまったかと思ったじゃないの。勝手すぎるわ」

小袖は兵馬の顔を見ないようにして、囁くような小声で呟(つぶや)いたが、久しぶりに聞いたその声は、刺すような痛みを兵馬に与えた。

小袖のふとしたしぐさや、諦めたような物言いが、忘れてしまったはずの女、お蔦(つた)のことを思い出させたからだ。

お蔦が消えてしまってからすでに八年になる。どこへ行ったのかわからないまま、いつしかその存在までも忘れてしまった、はかない幻のような女だった。

ほんの短いあいだにすぎなかったが、兵馬はお蔦と同棲していたことがある。お蔦はまだ乳離れのしない赤ん坊を連れていた。

小袖って名前なの、とお蔦は赤ん坊に乳房を含ませながら嬉しそうに言った。むろん小袖はお蔦の連れ子で、兵馬と血のつながる娘ではなかった。

その頃お蔦は、日本橋富沢（とみざわ）町に店舗を構える葵屋（あおいや）吉兵衛という裕福な呉服商に囲われていた。お蔦が蛤町の裏長屋に移ったのは、兵馬がそのことを嫌ったからだ。

兵馬がはじめての遠国御用から帰ってきたとき、蛤町の裏長屋に幼い小袖をひとり残したまま、お蔦はどこかへ消えてしまい、ふたたび姿をあらわすことはなかった。

囲われ者の贅沢に慣れていたお蔦は、長屋暮らしの貧しさに耐えることができなかったのかもしれない、とそのとき兵馬は思った。しかし、お蔦が消えてしまった真相は、いまもなおわからないままだ。

まだ幼かった小袖は、むごたらしいほど痩せ細りながらも、米櫃（こめびつ）に残された干し米を舐（ねぶ）って生き延びていた。

ほとんど餓死寸前まで痩せてしまった小袖は、あのときの後遺症でも残っているのか、いつまでも童女のような妖（あや）しさを保ち続けている。

はじめての遠国御用で江戸を離れるとき、兵馬は狂おしい思いでお蔦と最後の一夜をすごした。

夜がしらしらと明け始めた頃になって、お蔦は兵馬の耳たぶに柔らかな唇を寄せ、謎のような言葉を囁いた。

「あたしは、水のあるところから来たの。そして水のあるところへ帰ってゆくわ。樹が茂って、泉が湧いて、そこには吸い込まれてしまいそうな青い空があって……」

男との別れを惜しむ女の睦言（むつごと）だろうか、ふわふわとした生き方をしてきたお蔦らしい夢語りだ、と思いながら、兵馬は夢うつつの中でその声を聞いていた。

お蔦が消えてしまった後になって、あのとき囁かれた言葉は、あの女がおのれの過去を語った唯一のものだった、ということに兵馬は気づいた。

夢のようにとりとめのない話だったが、お蔦を捜す手掛かりと言えるものは、それくらいしかなかった。

お蔦のゆくえは、その後も杳（よう）として知れなかった。兵馬は賭場の用心棒に雇われて日銭を稼ぎながら、消えてしまったお蔦が最後の痕跡を残した蛤町の裏店で、母に捨てられた童女と一緒に、数年にわたる歳月をすごした。

いつかは母親が帰ってくると信じているのか、小袖が蛤町の裏店から出てゆくことを拒んだからだ。

浮草の暮らしに慣れた兵馬には、ただそれだけのことにすぎず、お蔦への未練や執着がいつまでも続いていたわけではない。

兵馬は長い浪人暮らしのあいだに、生きてゆくということは日々の忘却の繰り返しにすぎないと思うようになった。しかし、それだけだろうか。

小袖のふとしたしぐさが、あの女に似ている、と思うことはあっても、忘れていたはずの女を、まざまざと思い出させたのは、今夜が初めてのことだった。

四

「小袖ちゃんのことですけど、もうしばらく、あたしに預からせてくださいな」

徳利を運んできた若い衆を追いたてるようにして、奥の離れで兵馬と二人だけになると、お艶は酒の上の話を小袖の近況に戻した。

「怯(おび)えているんですよ、あの子が」

そう言われてみれば、兵馬にも思い当たることがないわけではない。背後から見つめられているような視線を感じ、見返すとそこには必ず小袖がいた。

声をかけようとすると、小袖はすぐに眼をそらしてしまう。どうしたことかと思っていたが、あの娘は怯えていたのか。

「このおれに怯える？　何故だ」

兵馬は途方に暮れたように呟いた。お艶はおかしさを抑えきれないといったふうに、着物の袖で顔の下半分を隠して苦しそうに笑った。

「小袖ちゃんが、旦那に怯えるはずがないじゃありませんか。気がつかないんですか。あの子もそろそろ年頃ですよ。いいえ、小袖ちゃんは、見かけよりも随分とおませさん。旦那に放っておかれたことを恨んで、ちょっと拗ねてみせただけですよ。あの子はあたしの恋敵になったんです」

ほんとうに、女の気持ちがわからない人ですね、と言いながら、お艶はうらめしげな眼をして兵馬を睨んだ。お艶は少し酒が入って、頬のあたりが薄桃色に染まっている。

「からかってもらっては困る」

兵馬は憮然とした顔のまま、大真面目で苦情を言った。江戸に帰った兵馬は、取るものも取り敢えず小袖を迎えにきたのに、あの小娘はなぜか避けるようにして拒んでいる。どう対応してよいのか、兵馬にはわからなかった。

「あたしが、小袖ちゃんをあずからせてと言ったのは、そのことではないんです」

ひとしきり笑うと、お艶はぴたりと笑いをおさめ、真顔（まがお）になって言った。

「あの子は何か異変を感じているのかもしれません。小袖ちゃんは勘の鋭い子ですから」

前にもそんなことがあった、と兵馬はすぐに思い出した。

兵馬に遺恨をもつ博徒たちが、蛤町の裏長屋に暴れ込んで、米櫃を叩きこわし、蒲団を切り刻み、調度を打ち破って、室内をめちゃくちゃに荒らしていったことがある。

そのとき小袖は、いち早く隣に住む左官屋のおかみさんのところに逃げ込んで難を逃れた。小袖は小娘特有の鋭い勘で、博徒たちの襲撃をあらかじめ知ることができたらしい。

あるときは、打ち壊しの群衆にまぎれて胡蝶のように駆け回り、暴動を扇動したと言われかねないような働きをしたこともある。

むろん小袖が、米蔵を襲った打ち壊しに加担したわけではなく、たまたま群衆の動きが小袖の動きと重なっただけにすぎないのだが、兵馬は小袖を連れ戻そうとしてその渦中に飛び込み、結果として暴動を先導するような働きをすることになった。

「そなたは、どう思われるか」

気のせいだ、と思いながらも、兵馬はやはり小袖の予知するものが気になった。

「何が起こるにしても、旦那と一緒にいるよりも、あたしのところの方が、小袖ちゃんは安全でしょ」

だって旦那は、危ないところにばかり近づきたがるお人ですから、とお艶は片頬に笑みを浮かべながら厭味を言った。

それはどうかな、と口には出さず、兵馬は思った。お艶が始末屋の看板を掲げているかぎり、ここにいることが兵馬と一緒にいるよりも安全だ、という保証はどこにもない。むろんお艶は、そのことを承知のうえで言っているのだ。

「そうだな。これまで遭遇した災禍のほとんどは、わたしに遺恨をもつ者たちによってもたらされたものだ。わたしも小袖を巻き込むことは避けたいと思っている」

「あたくしのような渡世をしていれば、恩も遺恨も紙一重。何ごとも向こう様の取りよう次第じゃござんせんか」

お艶はとろりとした眼をして横座りになると、不意に盃を兵馬の胸元に突きつけるようにして酌をせがんだ。

これまでに見せたことのないお艶の一面だった。色気と度胸で渡世を張っているこの女にも、他人には決してみせることのない、胸に満つる思いがあるのだろう。

兵馬は手にした徳利をゆっくりと傾けて、お艶の盃を満たしてやった。

「だいぶ酔いがまわったようだな。それでは始末屋の働きはつとまるまい」

すでに夜も更けている。入江町の女郎衆は稼ぎ時に入っているだろう。いつもなら、お艶は若い衆を引き連れて岡場所を見廻っている頃だ。今夜にかぎって、お艶が腰をあげようとしないことを兵馬は気にした。

「だいじょうぶですよう。いくら酔っ払ったって、このお艶さんは、岡場所の始末を忘れるような、半端なお姐さんじゃ、ございません。旦那が、泊まってゆくと約束さえしてくだされば、安心して見廻りにも出掛けられますから。いいですか。帰らずに待っていると、約束してくださいな」

夕刻になると、若い衆が離れの小座敷に行灯の火を入れにくる。薄明るい行灯の光が、お艶の白い顔をぼんやりと照らし出している。

夜は音もなく忍び寄って、行灯の明かりから離れたところには、墨を流したような暗闇が広がっていた。

「小袖のことは、ありがたく思っている」

兵馬はお艶の誘いには乗らず、さりげなく話題をそらせた。

「泊まるところなら、どうにでもなる」

黙って突き出された盃に、兵馬はなみなみと酒を注(つ)いだ。お艶は白い喉をのけ反らして一気に飲み干すと、

「あたしばっかり酔っ払って。旦那はいくら飲んでも、しらふなんですか」

お艶は横座りになって膝を崩した。捲(まく)れた裾に赤い湯巻きが乱れ、割れた裾からむっちりとした白い股(もも)が覗いた。

色気と度胸で名を売った始末屋お艶は、白昼でも衆人環視の中で素っ裸になれる女だ。酔っ払って裾が乱れることなど気にしていない。

宮地(みやぢ)芝居が掛かっていた湯島(ゆしま)の境内で、錆び刀を抜いて暴れていた半狂乱の男を、お艶は素っ裸になって取り押さえたことがある。そのとき兵馬はたまたまその場に居合わせて、お艶のみごとな裸身を見ている。

しかし薄闇の中に蠢(うごめ)いているお艶の肌は、白昼の裸身よりも妖しげで、酒のまわった兵馬にはかえって眼の毒だった。

「姐御(あねご)、そろそろ岡場所の見廻りを始めねえと」

そのとき襖(ふすま)の陰から、始末屋の若い衆が遠慮がちに声をかけた。

「わかったよ。それじゃ、用意をしておくれ」

お艶は張りのある声で返事をして、威勢よく立ち上がったが、足元の膳に蹴つまず

いてよろよろと倒れかかった。

「だいじょうぶではないな」

兵馬は咄嗟(とっさ)に腕を伸ばしてお艶を支えた。柔らかくてよく締まった女の身体が、わざとのように兵馬の胸にもたれかかってくる。

「すこしも大丈夫でないではないか。ちゃんと歩けるのか」

兵馬はもつれあったお艶の身体を引き離すと、両腕で抱きかかえるようにして、畳の上に立たせた。お艶は妖しく微笑んでみせたが、足元はふらふらして頼りなかった。

「困った奴だ。よし。今夜はわしも用心棒稼業に戻ろう。お艶、おれを雇ってくれ」

兵馬は床の間に立て掛けておいた、そぼろ助廣の大刀を取って腰に差した。弓月領で遺恨試合を挑まれたとき、相手の太刀とせめぎ合ってだいぶ刃毀(はこぼ)れしたが、研(と)ぎにも出さず腰に携えている。たとえ刃毀れはしていても、そんじょそこらの鈍刀よりは、よほどよく斬れる。

「ほんとうですか」

お艶は、急に元気を取り戻し、にっこりと嬉しそうに笑った。

「みんな、これから入江町の巡回に出掛けるよ。今夜は鵜飼の旦那が御一緒だ。ぐずぐずしていたら罰が当たるよ」

濡れ縁の明かり障子を、ぱっと開け放つと、お艶はきびきびした口調で、若い衆に指示を飛ばした。

入江町の法被（はっぴ）を着たお艶は、人が変わったように足の運びも確かで、酔っ払って兵馬にしなだれかかってきた妖艶な女とは別人のように、女侠客らしい貫禄にあふれている。

騙されたか、と兵馬は舌打ちしてみたが、悪い気はしなかった。お艶が騙したのではないことは、野暮な兵馬にもわかっていた。

五

翌日になると、どこから聞きつけたのか、葵屋吉兵衛の使いと名乗る初老の男が、本所入江町のお艶のところまで、兵馬を名指しで訪ねてきた。

「すぐにお越し願えませんか。主人が、ぜひお会いしたいと申しておりますので」

その男は異様に怯えた顔をして、お艶の店先を流れている亥ノ堀川の河岸まで、わざわざ兵馬を呼び出した。

「おれに用があるなら、吉兵衛の方から訪ねてくるのが礼儀だろう」

兵馬は不快そうに言った。

うつむいた禿げ頭をよく見ると、富沢町の呉服商葵屋の番頭で、八年前にお蔦のゆくえを尋ねて吉兵衛のところへ押しかけた兵馬を、ゆすりの浪人者とあなどって、二朱金を包んで店先から追い返そうとした男だった。

「それが、できないことになりましたので、枉げて先生にお願いしたいのです」

男は怯え切った様子で、きょろきょろと落ち着きなく辺りを見まわしている。

「この前はゆすりたかりで、困ったときには先生呼ばわりか」

大人気ないと思ったが、兵馬は禿げ頭に向かって厭味を言った。

「なにとぞ主人を、いいえ葵屋をお助けくださいまし。町方にお願いしても、埒があきません。おすがりできるのは、先生だけです」

禿げ頭の番頭は、惜し気もなくぺこぺこと頭を下げた。兵馬はしだいに腹が立ってきた。頭さえ下げればどうにかなる、と考えている商人根性が気に食わない。

「裕福な葵屋吉兵衛が、用心棒を雇えないはずはなかろう。綺麗どころの妾などを囲うより、餌に飢えた浪人者でも囲っておくように言ってやれ」

ばかばかしくなった兵馬は、葵屋の番頭を置き捨てて、お艶の家に戻りかけた。金ですべてが解決すると考える商人などを助けるよりも、わずかな銭で身を鬻いでいる女郎たちを守ってやる方が、よほど気が利いている。

「どうか、お願いでございます」

禿げ頭は頭を下げて地に這った姿勢のまま、必死になって兵馬の脚にしがみついた。

「後生です。お助けください。主人のことばかりは申しません。葵屋そのものが危ないのです。てまえには老いた女房や、幼い子供もございます。あの者たちを飢え死にさせるわけには参りません。店の者たちにも、それぞれに親や子がございます。主人が殺されて葵屋が潰れたら、数十人の雇い人たちが路頭に迷うのです。それを救うことができるのは、先生しかございません。拝みます。助けてください」

葵屋の番頭は、涙と鼻水を垂らしながら、兵馬の脚に禿げ頭をすりつけてきた。

「勝手なことを言う」

苛立った兵馬は、すがりつく男を足蹴にして、その場を去ろうとした。金が通用しないところでは泣き落としか。この手の連中にはうんざりだ。

「助けてあげて」

不意に声をかけられてふり向くと、いつからそこにいたのか、夕日の照り返しを受けた亥ノ堀川の河岸に、赤い帯を締めた小袖が立っていた。

小袖はいつもは引っ詰めにしている髪を娘らしく結い上げ、兵馬が土産に買ってきた珊瑚の銀簪を挿している。

「そのおじさんは、本気よ。助けてあげて」

河岸に茂る枯れ草を踏んで、逆光の中をゆっくりと兵馬に近づきながら、小袖はもういちど同じ言葉を繰り返した。

兵馬は思わずわが眼を疑った。そこには八年前に行方を絶ったはずの女が、立っているのではないかと思われたのだ。

「お蔦……」

亥ノ堀川の照り返しを受けて、淡い光の中をゆらめく影のようにゆっくりと近づいてくる小袖の姿は、まさに八年前に消えた女に生き写しだった。

おれはあの女に何もしてやることができなかった、と兵馬は激しい悔悟に駆られた。これまでに味わったことのない悔恨の情だった。

ひょっとしたらあの女も、おれに助けを求めていたのではなかったか、とふと思った。しかしあのとき兵馬は、あの女が逃げたものと思って探すこともしなかった。

「おまえにわかることではない」

助けるとか助けられるということを、安易に口に出すべきではない、と急に沈鬱な気分になって、兵馬は亥ノ堀川に沿ってぶらぶらと歩いて行った。

本所の南割下水が、亥ノ堀川に流れ込んでいる長崎町に、遊蕩者たちが岡場所へ繰り出す前に、景気づけの勢い水を飲んでゆく居酒屋がある。

禿げ頭がもち込んだ後味の悪さを、長崎町の安酒で洗い流そうと思ったのだ。

「きっと悔いることになるわ」

小袖は去ってゆく兵馬の背を見送りながら、悲しそうに呟いた。

「そうなってからでは遅いわよ」

お艶に手伝ってもらって、せっかく娘らしく着飾ったのに、兵馬が見てくれなかったことを悲しんだのか、あるいは葵屋を見捨てたことを、後悔するかもしれない兵馬を悲しんだのか、小袖にもほんとうのところはわからなかった。

「おじさん。がっかりしないでね。うちのお店で休んでゆくといいわ」

小袖は悲しそうな顔をして、しばらくのあいだ兵馬を見送っていたが、すぐに無邪気な微笑を浮かべると、打ちひしがれて地面に座り込んでいる葵屋の番頭に声をかけた。

「ありがとうよ、お嬢ちゃん。でもおじさんは、もう行かなくちゃならないんだよ」

川風がさっと吹いて、河岸に茂る枯れ草をなびかせた。

「小袖ちゃん、もうお家に入りなさい」

なぜか浮き浮きとした声で、お艶が奥の台所から小袖を呼んでいる。

六

「大川からあがったホトケは、ただの土左衛門じゃあなかった」

両国橋のたもとには、大勢のやじ馬たちが溜まっていた。兵馬は物見高いやじ馬たちを掻き分けながら、溺死人が横たえられている河原まで下りた。

先に河原へ下りていた花川戸の駒蔵が、ぴかぴかに磨いた十手の先で、死骸に掛けられていた菰の端を持ち上げた。

「この顔に覚えはねえかい」

兵馬に死体の顔を確かめさせると、苦り切った顔をして言った。

「両国橋の橋桁に引っ掛かっていた死骸は、ぱんぱんに膨れあがって、一見したところ身投げでもした土左衛門かと思われたが、よく見れば肩口から袈裟懸けに斬られている。斬り口のみごとさからみて、あっしはてっきり、先生のしわざかと思いましたぜ」

駒蔵は兵馬の顔をじろりと睨んで、意地悪そうな笑いを浮かべた。

「殺されてから、大川に投げ込まれたというわけか」

ならば水を飲んで膨れあがることはないはずだが、と兵馬は首をかしげた。

「いいや。川の中で斬った、ということも考えられるぜ」

駒蔵は得意げに十手をひねくりながら、いっぱしの目明かし気取りの口を利いた。

「川の中で斬られた後も、まだ執念深く生きていて、断末魔の苦しみの中でのたうちまわりながら、大量の水を飲んだのかもしれねえ」

博徒あがりの目明かしだけあって、駒蔵が思い描く殺しの場面は、かなり凄惨なものになってしまう。

「ひどい殺され方をしたものだな」

兵馬は菰の下に横たわる死骸を一目みたときから、殺されたのは葵屋の番頭だとわかっていた。顔も身体も無残に膨れあがって、人相はすっかり変わっているが、死骸の禿げ頭に見覚えがあった。

兵馬は袖口で鼻を覆いながら、死骸の傷口を改めてみた。すでに腐乱が始まっているので、斬り跡の鋭利さまでは確かめようがない。

ただ他に傷口が見当たらないところから、この男が一刀のもとに斬り捨てられたことだけはわかる。

「斬ったのは武士だな」

それもかなり手慣れた遣い手だろう、と兵馬は思った。素人の殺しなら、滅多突き

にしているはずだ。

「ところで、葵屋吉兵衛は証人として呼び出したのか」

吉兵衛が何かの影に怯えている、と兵馬に訴えてきたのは、殺されたこの番頭だっ

た。それがほんとうなら、吉兵衛はいくらお上から呼び出しがかかろうとも、のめの

めと出て来ることができるはずはない。

「それが急の病気だとぬかして、手代の松吉を代理によこしやがった。方々に三人も

妾を囲っている野郎が、足腰の立たねえ病気だなんて、笑わせやがる。証人に呼ばれ

ても出て来ねえ野郎がいるようじゃあ、お上の御威光も地に落ちたものさ」

駒蔵がいくら目明かしを気取ってみせようと、ちょっとした物言いにも、博徒から

足を抜けない荒っぽさがある。

「おおかた金でも積まれて黙認したのであろう。お上の御威光などその程度のもの

だ」

兵馬は冷たい口調で言い放った。影の世界に生きている御庭番宰領としては、お上

からただ働きも同然にこき使われているという恨みもある。

「違えねえ。積まれた銭次第で、お上の裁きなんてものは、どうにでも動く」

つい調子に乗って言いかけたが、駒蔵は節くれだった手であわてて口を押さえた。

「おっとと。とんでもねえ。お上の悪口を言う奴は、ひっくくらなきゃならねえのがおれの仕事だ。そうなりゃ先生だって容赦はならねえぜ」

駒蔵は十手をひねくりながら、兵馬の顔を見てにやりと笑った。兵馬も駒蔵につられて苦笑した。

「とんでもない男が、岡っ引きになったものだな」

天神の伊助や突っ張りの三次などがのさばり出してから、駒蔵の賭場も以前のようには流行らなくなった。

そのことで腐り切っていた駒蔵は、どういう手蔓を使ったのか、お上から十手を預かる身分になり、昔の賭場仲間からも花川戸の親分と呼ばれて恐れられている。

もともと博徒だった駒蔵が、一転して取り締まる側になったのだから、賭場の裏表はあらかた知り尽くしていて抜け目はない。

駒蔵は昔の仲間を売って点を稼いだり、その逆に賭場を見逃して博徒たちに恩を売ったりして、岡っ引きらしく飴と鞭を使い分けているので、裏の世界ではこれまで以上に恐れられるようになっていた。

駒蔵は薄汚いことも平気でする狡猾な男だが、それなりに筋の通ったところがある昔気質の博徒だ、と兵馬は思っている。

近ごろ売り出し中の突っ張りの三次や、女衒めいたことをして蔵元に取り入る天神の伊助などに比べたら、悪は悪なりに信用がおける。

突っ張りの三次は、駒蔵も近ごろは落ち目になったと言うが、それはお上から十手を預かる駒蔵が、滅多に賭場を開かなくなっただけのことだろう。

十手を預かるようになってからは、町方を先導して賭場を潰すことも、反対に目こぼしをして見逃すことも、すべては駒蔵の胸先三寸にある。

伊助や三次が賭場を続けていられるのは、昔の誼みで泳がしてやっているだけのことだ、と駒蔵はうそぶいている。

兵馬がお艶の居候になっていることを嗅ぎつけたのも、抜け目なく獲物を追い詰めてゆく目明かし駒蔵の鼻だった。

「賭場の用心棒はやめたと聞いたが、こんどは岡場所の用心棒ですかい」

お艶の家でごろ寝をしていた兵馬の鼻先に、突然、にゅっと悪党面を突き出すと、駒蔵は意地の悪そうな眼をしてにやにやと笑った。

「言ったはずですぜ。お艶は危ねえ女だ、めったに近づかねえ方がいいって」

駒蔵は得意げに十手をひねっている。始末屋の若い衆に十手をちらつかせて、強引に奥の離れまで押し入ってきたらしい。

「御用の筋で、ちょっくら顔を貸してくだせえ」

そう言って兵馬を外に呼び出すと、駒蔵は両国橋のたもとまで連れて行き、溺死体の顔を確かめさせたのだ。

「おれと先生の仲だが、御用の筋では遠慮をしねえぜ」

駒蔵は岡っ引きらしく凄んでみせたが、すぐに博徒の頃と変わらない伝法な口調に戻って、兵馬に事件の顚末（てんまつ）を説明した。

男の死骸が両国橋の橋桁に引っ掛かっていたのは、数日前からのことだったらしい。おりからの長雨で大川は増水し、川上から流れてきた漂着物が、橋桁に絡みついていた。

はじめは襤褸（ぼろ）でもからまっているのではないかと、そのまま放っておかれたが、しだいに水が引いてゆくにつれて、それが死骸だとわかって大騒ぎになった。

「両国橋のたもとに人だかりがして、殺しではないかと騒がれたのは今朝のことだ。死骸の顔は膨れあがってちょっと見分けられねえが、着ているものから葵屋の番頭と知れて、これもまた大騒ぎよ」

水死体は川底をごろごろと流されているあいだに、身ぐるみ剝がれて赤裸になるものだが、さすがに締まり屋で知られた葵屋の番頭だけあって、しっかり帯を締めていた、と評判になる。

「世間じゃつまらねえ冗談ばかり言いやがる」

駒蔵は吐き捨てるように言うと、兵馬の耳元近くに口を寄せた。

「ところでこの男、数日前に葵屋の店を出たっきり帰っていねえということだ。最後にこの男を見かけたのが亥ノ堀川の河岸で、そのときは浪人者と揉み合っていたらしい。その浪人者が、以前は賭場の用心棒をやっていたことまでわかっている。葵屋の番頭が土左衛門になる前に、袈裟懸けに斬られていたとなりゃあ、その浪人者のしわざだ、という疑いをかけられても無理はあるめえ」

死後数日を経過しているとしたら、確かにこの男が殺されたのは、兵馬と揉めごとがあった直後ということになる。

「さあ、申し開きは立つめえが」

駒蔵は薄い唇に、意地の悪い笑みを浮かべながら、兵馬の顔を鋭い眼で睨みつけた。

「おれが何故、この男を斬らねばならぬのだ」

どうやら疑われているらしい、と思ったが、兵馬は平然として言った。

「そいつは、こっちが聞きてえ」

駒蔵は渋い顔をわざと歪めて苦笑した。

「これは御用の筋だ。その刀を調べさせてもらおうかい」

兵馬は黙って腰の大刀を抜くと、いきなり駒蔵の眼の前に突き出した。そぼろ助廣と呼ばれる鍛えのよい刀身だった。

「賭場の用心棒をしていた頃は、めったに抜くことのなかったこの刀だ。どうしても見たいと言うからには、覚悟があってのことであろうな」

これで右腕を斬り落とされた賭場の壺振りもいる。駒蔵は思わずぞっとしたが、兵馬はあまり脅すのも気の毒と思ったのか、すぐに刀身を鞘に収めた。

するとと駒蔵はにわかに大胆になって、意地の悪い口調で続けた。

「ショバを受け持ったのがおれでよかったと思いねえ。このまま白州に引かれたら、言い逃れはできねえところだぜ」

駒蔵は狡そうにまた笑った。

「おれに恩を売るわけか。どうせ只ではあるまいな」

「ずけずけと言ってくれるわ。まさにその通りよ」

駒蔵は不気味に笑って、すこし相手を焦らしてから、

「じつは葵屋吉兵衛から金をもらっている。少なくはねえ額だ」

その金はたぶん、番頭の死骸を確認した葵屋の手代が、吉兵衛から言いつかって駒蔵に手渡したものだろう。

賭場を開いて荒稼ぎをしてきた駒蔵が、少なくない額だと言うからには、裏では相当の金が動いているらしい。葵屋吉兵衛は本気でなにかに怯えているのだ。

「吉兵衛が困っているそうじゃねえですかい。悪いことは言わねえつもりだ。力を貸してやっておくんなせえ」

駒蔵は急に悪党面を引っ込めると、世間の酸いも甘いも知り尽くした御隠居のような温顔になって、まるで兵馬の我がままを諭すような言い方をした。

「このままお白州にしょっ引いてもいいんだぜ。そうなりゃ、言い逃れはできねえところだ。いま先生の刀を調べさせてもらったが、刃には血曇りがあって、人を斬った跡は歴然としている。おまけに刃毀れまでしているとなりゃあ、たとえ番頭殺しの疑いは晴れたとしても、余罪を追及されることはまちげえねえ。ここは葵屋に義理を立ててやった方が、得策じゃねえのかい」

駒蔵がたまに善人面をするときは、ろくなことはない、と兵馬は思った。亥ノ堀川の河岸で、葵屋の番頭と揉み合っていたという証言があるかぎり、兵馬が犯人だと決めつけられたら言い逃れはきかない。

そぼろ助廣の名刀を、研ぎに出さなかったのが仇(あだ)になった、と兵馬は悔やんだ。研ぎ師の手で刃毀れを修正すれば、刃が欠けた分だけ刀身を研ぎ減らさなければならない。そうなれば、そぼろ助廣も痩せて身幅(みはば)が狭くなり、ただの鈍刀と変わらなくなる。踏ん張りのある助廣の雄渾(ゆうこん)なすがたを変えたくないと思って、兵馬は敢えて研ぎに出すことをしなかったのだ。

助廣が刃毀れしたのは、剣鬼鐘巻剛平(かねまきごうへい)との死闘で、二尺六寸の剛刀と激しく刃を交えたからだが、ことは幕閣と弓月藩の機密に類することなので、公(おおやけ)にすることはできない。

葵屋の番頭殺しという嫌疑がかかれば、とうぜん刀を調べられて血曇りや刃毀れを追及され、百年の封印を解かれた弓月藩の秘事が、あからさまになってしまう。へたをすれば、一藩の廃絶にかかわるか、幕閣内の政争にまでつながるだろう。

「わかった」

兵馬は迷いを断ち切るかのように言った。

「葵屋の番頭が殺されたからには、吉兵衛の怯えにも何か背後がありそうだ。けたくそ悪い話だが、死者の頼みとあらば聞かぬわけにもゆくまい」

菰の下から覗いている禿げ頭に両手を合わせると、兵馬は溜め息まじりの低い声で、南無阿弥陀仏、と呟いた。

「これで土左衛門も浮かばれるぜ。いい供養をしなすった」

駒蔵は十手を振り回しながら勢いよく大川端を駆け登ると、恐る恐る遺骸を遠巻きにしていたやじ馬どもを追い払った。

「どけ、どけ。ただの身投げよ。へんな噂を流すんじゃねえぜ」

七

橋向こうの両国広小路では、火避(よ)け地に敷きつめられた荒筵(あらむしろ)の上に、山盛りにされた新鮮な野菜が並べられている。近在の百姓たちが、早朝に畑から取ってきたばかりの野菜を売っているのだ。

これが午(うま)の刻になれば、青物市は跡形なく取り片付けられ、代わって見世物や寄席、芝居などの小屋掛けが始まる。

明暦の大火で大勢の焼死者を出した大川端には、火避け地として両国広小路が設けられた。人通りが多くて繁華な場所なので、仮設の小屋掛けは黙認されるが、半日ごとの解体が義務づけられている。そのたびに広小路の風物は一変する。両国のにぎわいは浮草にも似ていた。

両国広小路を南に逸れて、薬研堀に架けられた元柳橋を渡り、広大な諏訪因幡守の中屋敷と松平丹波守の下屋敷の間を通って西に曲がると、その先は小路に沿って武家屋敷が並んでいる閑静な通りに出る。

長い土塀が続く武家屋敷街を抜けると、路地を挟んで左右に分かれている町家が久松町で、行き止まりの掘割に架かった栄橋を真っすぐに渡ると、葵屋吉兵衛が呉服屋の店を構えている富沢町に出る。

兵馬はどうにも気が進まないまま、葵屋吉兵衛の店の前に立っていた。吉兵衛が岡っ引きの駒蔵に多額の金を握らせてまで、兵馬を呼び寄せようとしているのは何故なのか。

吉兵衛は何に怯えているのか。禿げ頭の番頭には、何か殺されなければならないような理由があったのか。わけのわからないことが多すぎる。

葵屋吉兵衛が店舗を構える富沢町は、豊臣秀吉の大軍に包囲されて小田原が落城した後、江戸に逃れてきた北条残党の鳶沢甚内が、徳川の天下となった府内を荒らしまわり、盗品の古着を売りさばいていた泥棒市に由来しているという。

はじめは甚内の姓を取って鳶沢町と呼ばれていたが、古着売りが繁盛して財を成したことから、縁起をかついで富沢町と改称された。

この辺り一帯には北条の残党が根を下ろしていたらしく、鳶沢町の南隣には、やはり北条家の遺臣と称する庄司甚右衛門が、江戸中に散っていた遊女たちを一カ所に集めて、幕府公認のもとに営業していた吉原遊廓があった。

明暦の大火の後、幕府の命によって吉原遊郭は浅草に移され、元吉原と呼ばれる遊廓跡は、新泉町、高砂町、住吉町、難波町と名を変えて町屋になったが、色街の昔を思わせる風情はいまも残っている。

葵屋吉兵衛が妾を囲っているのも、この辺りが色街だった頃の名残だろう、と思いながら、兵馬は懐手をしたまま葵屋の暖簾をくぐった。

「いらっしゃいまし」

帳場で算盤を弾いていた手代は、女物の呉服を扱っている葵屋には場違いな、着流しの浪人者をじろりと見て、無愛想な声をかけたが、その客が兵馬だとわかると、急に立ちあがって揉み手を始めた。

「これはこれは、鵜飼さまでございますか。お待ち申しておりました」

手代の声を聞きつけて、主人の吉兵衛が転がるような勢いで帳場まで迎えに出た。

「よくいらしてくださいました。そのままでようございます。どうか奥の方へお通りください」

久しぶりに見る吉兵衛の顔は、まるで人が違ったかと思われるほど艶を失い、死者のように肌が浮腫んで血色が悪かった。

「この前きた時とは、ずいぶん待遇が違うな」

兵馬はつい皮肉な口調にならざるを得なかった。まるで疫病神のような扱いをしてきた兵馬を、こんどは救世主にでも会ったかのような迎え方をする。勝手なものだ、と呆れ果てたが、ばかばかしくて腹を立てる気にもなれない。

商売をしていれば必要以上に用心深くなるものなのか、葵屋の造りは思ったよりも堅固だった。盗賊に備えた忍び返しの仕掛けも随所にあり、中庭の奥には厚い壁をもつ土蔵造りの座敷まであって、あたかも城郭のような堅牢さを誇っている。

「あたしはこの中に籠もって毎日をすごしているのです」

吉兵衛に案内された部屋は、四方を厚い漆喰の壁に囲まれた塗籠で、ふだんは高級呉服の倉庫として使われているものに違いない。

若い妾を囲って贅沢三昧をしている裕福な旦那、と思われていた葵屋吉兵衛は、姿なき影に怯えながら、みずからを幽閉するような日々をすごしていたのだ。

「何を恐れておるのか知らぬが、金払いのよい葵屋の用心棒なら、他に幾らでもなり手があろう。わざわざ因縁のあるおれを雇うまでもあるまい」

塗籠の中に入って客座に着くなり、兵馬は不機嫌そうな顔をしたまま、ぶっきらぼうに、用件は何かと切り出した。

「鵜飼さまとあたしとの、因縁にかかわることなのでございます」

塗籠の中に入って安堵したのか、吉兵衛はしたたかな商人の顔を取り戻していた。

「お蔦という女を、おぼえておいででしょうか」

ことさら声を落として言いながら、吉兵衛は兵馬の顔色を窺うかのように、小さな細い眼をしょぼつかせた。

「………」

「以前、あたしが世話をしていた女ですが、鵜飼さまも、まんざらかかわりがなかったわけではございますまい」

かかわりがないどころか、お蔦は蛤町の裏店で兵馬と同棲していた女だった。兵馬と出会う前のお蔦は、葵屋吉兵衛に囲われていた女たちのひとりだったという。

あえて古い因縁を言うならば、素浪人鵜飼兵馬の役どころは、吉兵衛が秘蔵していたお蔦を奪った間男ということになる。

「お蔦が消えてしまってから、あたしは随分と手を尽くして、あの女のゆくえを捜させたものです」

お蔦が忽然として消えたことを知った吉兵衛は、兵馬にあの女のゆくえを捜してくれと泣きついて、二十五両という大金を押し付けてきたことがある。

兵馬は消えた女を捜すあてもないままその金を受け取り、何のために使ったのか記憶にも残らないようなことに浪費してしまった。

「ところが最近になって、ひそかにお蔦のゆくえを捜させていた男たちが、次々と殺されてゆくのでございます。姿なき魔手はついにあたしのところまで伸びて参りました。これを見てくださいまし」

吉兵衛は小刻みにふるえる手で、手文庫からしわくちゃになった紙片を取り出した。紙片には吉兵衛の名が書かれ、その上から墨でばってんが加えられている。

「この紙つぶてが店先に投げ込まれたのは、いまから十日ほど前のことでした」

兵馬は渡された紙片を手にとって眺めてみた。なんの変哲もない紙切れにすぎない。

「これだけでは、ただのいたずら書きとしか思われぬが」

「いいえ、その翌日になって、今度はこれが投げ込まれたのです」

吉兵衛はもう一枚の紙片を取り出した。いずれも小石を包んで店先に投げ込まれたものだという。

「加助、市蔵、多市、巻蔵。これは何だ」

それらの名前の上には、墨で黒々としたばってんが書き加えられている。

「いずれの者たちも、お蔦の消息を捜させていた密偵でございます」

兵馬は驚いた。葵屋吉兵衛を臆病な商人と侮蔑していたが、この男は大勢の密偵たちを使って、裏の事情にも通じているらしい。

それ以上に兵馬を驚かせたのは、消えてしまったお蔦に、それほどまでに執着している葵屋吉兵衛という男の不気味さだ。

「ひそかに調べさせたところ、お蔦のゆくえを探らせていた男たちは、この時すでに変死体となっていたのでございます」

吉兵衛は声をひそめて言った。

「それは、いつのことだ」

「はじめに加助が殺されたのは、いまから半年ほど前のことでした。房州の浜辺で、一刀のもとに斬り捨てられていたということです」

それを聞いた兵馬の脳裏には、先ほど両国橋の河原で見た溺死人のぱっくりと開いた斬り口が、異様なほど鮮明に浮かびあがった。

「その斬り口は、袈裟懸けではなかったか」

兵馬に尋ねられた吉兵衛は、不意打ちでも食らったように眼を見開き、恐ろしそうな顔をして、黙ったまま何度も何度も頷いている。

「ならば、ここの番頭を殺した奴と同じ手口だ」

それを聞いた吉兵衛は、突然ぶるぶると震えだした。

「次に市蔵が浦安で殺されたのは三カ月前。多市は一カ月前に荒川の岸で斬られました。巻蔵が木場で殺されたのが二十日前……」

「そして、葵屋の番頭が両国橋の下で殺されたのが六日前だ。しだいに殺しの期間が縮まってきているな」

そして日を追って江戸に迫っている。言われて吉兵衛はいよいよ蒼白になった。

「さようでございます。紙つぶてに書かれたあたしの名が、墨で塗りつぶされておりますのは、次はおまえの番だ、という殺人者からの予告でございましょう」

そのことを吉兵衛から知らされた番頭が、兵馬に助けを求めに行った直後に殺された。

「おかしいとは思わぬか」

「もちろん、おかしなことばかりでございます」

お蔦のゆくえを捜していた者たちが、ことごとく殺されてしまったのは何故なのか。しかもお蔦が消えたのは、すでに八年前のことになる。

「あるいは、お蔦のゆくえを知られたくない者のしわざとも思われるが……」

それではお蔦は、何かとんでもない事件にかかわっていた女なのか。あの女が決して過去を語らなかったということも、いまとなっては気にならなくもない。

「葵屋。なにか深い恨みでも受けるようなことをしているのではないか」

吉兵衛はむっとしたように言い返した。

「めっそうもないことでございます。商売上のことなら金で始末がつきます。何も殺しまでしなくとも……」

「どこかで葵屋の顧客が首をくくった、などという噂は聞かぬか」

「悪い冗談はおやめください。葵屋は江戸開闢（かいびゃく）以来の呉服屋でございます。店の信用にかかわるようなことをするはずはございません」

兵馬は苦笑した。考えてみれば、たかが呉服の売り買いで、殺しまでやるほどの恨みを受けるとは思われない。

「しかし富沢町を開いた鳶沢甚内は、江戸市中をあらしまわっていた大泥棒だったそうではないか。葵屋が江戸開闢以来の呉服屋なら、この地で泥棒市が開かれていた頃から店を構えていたことになる。おぬしのご先祖は、盗賊の鳶沢甚内とかかわりがなかった、とは言えまい」

兵馬は吉兵衛の困惑に付け込んで、からかい半分の厭味を言った。

「冷や汗をかくようなことを、おっしゃいますな。あなたも武士ならば、御先祖は火付け強盗かっぱらいを常の習いとされてきたはず。知りもしない昔のことをほじくり返すのは、あまりよい趣味ではございませんな」

吉兵衛はがらりと人柄が変わったかのように、ふてぶてしい顔をして兵馬に釘を刺した。密偵を使って財を積みあげてきた男が、ちらりとその本性をみせたようだった。

「それよりも……」

吉兵衛は囁くような声で言った。

「姿なき殺し屋から狙われているのは、多分あたしだけではありませんよ」

吉兵衛の密命を帯びてお蔦のゆくえを探っていた密偵が次々と殺され、細い糸を逆に手繰るようにして、殺人の予告は葵屋吉兵衛まで届いた。

吉兵衛が殺されて葵屋が潰れることを恐れた番頭は、遠国御用から帰ってきた兵馬に助けを求め、その直後に大川端で殺されている。

殺された密偵から手繰り寄せられた細い糸は、葵屋の番頭を通して兵馬にまで繋がった。番頭を殺した魔手が、こんどは兵馬を襲わないという保証はない。

「こうなれば、お互いに、一蓮托生というわけでございます」

吉兵衛は薄気味の悪い声で笑った。

「鵜飼さまは剣の腕であたしをお守りくださる。あたしはお金の力で鵜飼さまをお守りする。どちらが欠けても命は守れません。公平な取引というものではございませんか」

八

暮れ六つの鐘はとうに鳴り終わって、人通りも稀な大名屋敷沿いの小路には、すでに夜の薄闇が垂れ込めていた。

兵馬は富沢町を南に迂回して高砂橋を渡り、小笠原左衛門尉上屋敷の長い土塀に沿って、暗い水がたゆたっている掘割端を歩いていた。

大名屋敷が続く薄暗い小路は、なぜか殺風景で荒涼としており、夜になれば真の闇へと一変する。夕刻をすぎれば、薄気味悪がってだれも通る者はいなくなる。

兵馬は富沢町を出たあたりから、背筋に張り付いてくるような、微かな足音に気がついていた。兵馬はふり返って確かめることもせず、そのまま高砂町の方角へ道筋を変えた。

町家が続く村松町へは向かわず、小笠原左衛門尉の上屋敷に沿って迂回し、人通りの少ない暗い小路に不審な追跡者を誘い込んだのだ。

兵馬の後をつけている男が、葵屋吉兵衛の番頭が殺された事件と、かかわりのある相手か、そうでないかを確かめる必要があった。

兵馬が恐れているのは、葵屋吉兵衛がお蔦のゆくえを捜させていた男たちを斬った、という殺し屋ではない。

殺されたという密偵は、どうせ葵屋吉兵衛が金で雇った無宿人だろうし、その連中に武芸の心得があったとは思われない。

吉兵衛の密偵を斬ったという下手人も、葵屋に雇われた無宿人たちとさして腕の違わない男なのではないか、と兵馬は高をくくっていた。

吉兵衛は殺人を予告されて怯えているが、かつて弓月藩で剣術指南役をつとめていた兵馬からみれば、さして恐れるほどの相手とは思われなかった。

それよりも恐れなければならないのは、遠国御用に赴(おもむ)いた兵馬が、御庭番宰領としての任務から逸脱したと見なされて、幕閣から刺客を送られたのではないかということとだ。

もともと御庭番は、将軍に直属する私的な諜報機関で、幕政の実権を握っている幕閣とは、ときには敵対する立場になることもある。

将軍が必ずしも幕閣と同じ見解に立っているとはかぎらないし、幕閣もすべてにわたって将軍の意に従っているわけではない。

御庭番は政治向きの私見を述べることは許されないが、公儀隠密として調べあげたことを風聞書に記し、それを将軍に差し出すことで耳目(じもく)としての役割を果たしている。

将軍は御庭番が作成した風聞書を読んで、感じるところがあれば執筆者の名前だけを切り取って、そのまま幕閣に渡すことがある。

幕閣としては、将軍から渡された風聞書を無視することはできない。そのときはじめて、御庭番の働きが政治と直結するわけだ。

風聞書は政治の軌道修正に役立つこともあれば、あるいは過激な政変の制御装置として働くこともある。

御庭番は幕閣の支配を受けず、私的なつながりによって将軍に直属しているので、たとえ有力な幕閣であろうとも、御庭番に私曲(しきょく)を暴かれるようなことがあれば、政界からの失脚を免(まぬが)れることはできない。

そのため御庭番は幕閣から恐れられ、ともすれば憎まれもする。幕閣の方針と合わない風聞書を将軍へ差し出す前に、刺客を送り込んで密殺するということも考えられる。

兵馬が恐れているのはそのことだった。

幕閣が送り込んでくる刺客が、半端な腕前ではないことを、そのひとりと闘ったことがある兵馬は、恐ろしいほど身にしみている。

兵馬は浪人となってから、賭場の用心棒をして日銭を稼いできた。そのため剣術の腕はだいぶ落ちているし、若いころのようには俊敏な動きができなくなった。

もし幕閣から腕の立つ刺客が送り込まれてきたら、こんどこそ不覚を取ることになるかもしれない、という恐れが常にある。

弓月藩の剣術指南役をつとめていた頃は、無外流（むがいりゅう）の遣い手、などと言われてきたが、長い浪人ぐらしのあいだに、流派も秘剣もごちゃまぜになって、いまは何流などと名乗るのも烏滸（おこ）がましい。

正統な剣には勝てぬかもしれぬ、と近ごろの兵馬は思っている。幕閣が刺客を送り込んでくるとしたら、正統な剣を学んだ俊英ばかりだろう。

その内のひとりを兵馬は殺した。仕掛けてきたのは遺恨試合を口実に挑んできた刺客の方だが、兵馬がその男を斬ったのは、明らかに幕閣の意に反している。

あの男を送り込んできたのが、幕閣の誰かは明らかでないが、送り込んだ刺客が倒されたことを知ったら、さらに第二の刺客を送り込んでくることも考えられる。

後をつけてくるのがその男かどうか、確かめてみようと兵馬は思った。

「このあたり、夜道は暗うござる」

兵馬は闇路の足場を確かめると、おもむろに背後をふり返った。

「近ごろは辻斬りなどいう、物騒なものも出るそうだが」

背後の足音がぴたりと止んだ。屋敷内に茂っている大樹が差し交わす無数の枝葉が影を落として、この辺り一帯には夕刻とは思われないような濃い闇がただよっていた。

相手は不気味なほど静まり返っている。突然に声をかけられたのに、うろたえたようすもなく、地を摺るような滑らかな足の運びにも、闘い慣れた武芸者の落ち着きがある。

深編笠で顔を隠しているところをみると、素性を知られたくない事情でもありそうだが、この男が幕閣から送り込まれた刺客だとしたらそれも頷ける。

濃い闇にまぎれて、黒い輪郭しか見分けることはできないが、がっしりとして無駄のない体軀は、正統な武術で鍛えられたものに違いない。

「道をあけられよ」

深編笠の下から低い声が響いた。

「この道は広い。何処(どこ)からなりとも通られるがよい」

兵馬は両手をだらりと下げると、いつでも抜き打ちができるような構えを取った。

「では押して通るが、よろしいか」

深編笠の男は異様に抑えた声で言った。触れるものをことごとく撥(は)ね返すような、恐ろしい気迫が込められている。

男の足がゆっくりと地を摺って、わずかに一歩だけ前に進んだ。兵馬は気圧(けお)されて、思わず半歩を退いた。その分だけ勢いが減じて、兵馬の体勢は著しく不利になった。

兵馬はようやく踏みとどまって、じわじわと半歩を押し返した。腰を落として踵(かかと)を浮かせ、いつでも跳躍に移れるような身構えに移る。

男の足が不意に止まった。兵馬はさらに半歩を進めた。もう一歩を踏み込めば、抜刀した刀身が相手の身体に届くほどの距離まで近づいた。

深編笠の下から、突然、笛が鳴るような鋭い音が響いた。それが抜き打ちに斬り込んできた敵の気合だと気がついた兵馬は、低く沈めた身体を跳躍させて、相手のいた位置まで一気に駆け抜けていた。

敵と駆け違えた瞬間、兵馬は電光石火の勢いでそぼろ助廣を抜いたが、刃先は虚しく空を切って、敵の体軀を捉(とら)えることはできなかった。

深編笠の男がすれ違いざまに抜き放った刀身は、兵馬の片袖を切り裂いていた。さらに粘っこく伸びた鋭い切っ先が、兵馬の左上腕部を襲った。

抜き身のまま大刀を右手に下げ、左手で深編笠を押さえると、男はそのまま一顧(いっこ)もせずに駆け通して漆黒(しっこく)の闇の中に消えた。辻風にでも襲われたような一瞬だった。

左上腕部を斬られた兵馬は、さほどの痛みも感じなかったが、しばらくすると左袖に温かい粘液が溜まっていることに気づいた。

濃い闇の下では、赤い鮮血も黒々とした墨のように見える。切り裂かれた左袖に粘っこい墨汁が溜まったように思われた。

兵馬は相手を追いかけようとして足元がふらつき、気がついたときには、その場に左膝を突いて転倒していた。

九

「いったい、どうしたんです」

兵馬は町駕籠に乗せられて運び込まれた。いそいそと兵馬を出迎えた始末屋お艶は、血痕が飛び散った蒼白な顔を見て、心配そうに顔を寄せてきた。

「たいしたことはない。焼酎(さけ)でも吹きかけてくれ」

傷口はその場で縛って止血したが、いまごろになって急に痛みだした。

「旦那が斬られるなんて、そんなことってありますか」

お艶は腹を立てたように、厳しい顔をして眉をひそめた。

「傷は浅い。大事を取って駕籠に乗ったのだ。大袈裟(おおげさ)な顔をするな」

はじめに思ったより傷が浅いとわかると、お艶はまるで恋女房のようにいそいそと動きまわり、兵馬の世話をするのが嬉しそうだった。

「頼まれてくれぬか」

左腕に大袈裟な包帯を巻かれた兵馬は、すっかり不精者になって、病床に横たわったままお艶に言った。

「あら、めずらしいこと。何でもおっしゃってくださいな」

お艶は妙に愛想よく、にっこりと笑った。

「日本橋の北、室町三丁目の浮世小路に、喜多村(きたむら)という料亭がある。そこに行って或る人と会ってもらいたいのだ」

おれを襲ったのは、幕閣から送り込まれた刺客に違いない、と兵馬は確信していた。あれほどの腕を持つ男が、雇われ仕事を請け負(う)う殺し屋とは思われない。もしそうだとしたら、兵馬とともに弓月藩へ潜入した御庭番倉地文左衛門にも、危険が迫っていることになるだろう。

あるいは、幕閣から刺客を差し向けられたのは、倉地の風聞書に原因があるのかもしれなかった。

いずれにしても、早急に確かめておかなければ、と兵馬は思った。このままでは、またしても対応が遅れてしまう。

日々の暮らしを立てるための日銭稼ぎのつもりが、とんでもないことに巻き込まれてしまったのではないか、と兵馬は悔やんだ。

「そこへゆけば、どういうことなのか、わかるんですね」

お艶は怪訝(けげん)な顔をして問い返した。

「いまは喜多村で、先方の連絡を待つより他に方法はないのだ」

倉地文左衛門が兵馬と会うときには、いつも喜多村を指定してくる。御庭番と宰領のつながりは、仲間内にも知られてはならないからだ。

兵馬が倉地の宰領として働いていることは、だから倉地のほかに知る者はいないはずだ。幕閣から宰領に刺客が送られるということは、ふつうなら考えられない。

「お会いするのは、何という名のお方なのです」

御庭番の名前を出すことはできないが、喜多村ではすべてを承知して席を貸している。

「わけあって、名は言えない。会ってその人に話してくれ。鵜飼兵馬が斬られたと」

お艶は手の甲で軽く口元を覆って笑った。

「大袈裟なこと。たいした傷じゃ、ないじゃありませんか」

兵馬も苦笑した。あえて代理を立てなければならないほどの傷ではない。

「いや、そう言ったときの、相手の反応をみてもらいたいのだ」

そのようなことは、お艶のように、幾多の修羅場を踏んできた女でなければ務まらないだろう、と兵馬は言った。

「嫌ですよ、旦那。あたしをそんな女だと思っているんですか」

お艶は柄にもなく、しおらしそうに眼を伏せた。

「そのお人は、一見したところ、とんだ堅物のようだが、一皮むけば、なかなか砕けたところもあり、一筋縄ではいかない、したたかな人物だ。お艶の色香で迷わせるようなことでもしないかぎり、本音を吐かないだろうという、厄介なお人さ」

兵馬はめずらしく冗談口を叩いた。

しかし、もしも幕閣のだれかが、弓月藩の秘密を隠蔽したことを根に持って、御庭番宰領を密殺するために刺客を差し向けたのだとしたら、こうして呑気にお艶とふざけあっている場合ではないのだ、と兵馬は思った。

「ほんとうのことは、あたしには何も言ってくださらないのね」

お艶は怨ずるような眼をして兵馬を睨んだ。

「でも、あなたの頼みなら、どんなことだって嫌とは言えない。それがわかっていて頼むというのなら、きっとそれは大切なことなのね」

お艶はふうっと大きく溜め息をつくと、なにかの思いを断ち切るかのように、婉然として零れるような笑みを浮かべた。

「いいわ、おっしゃるとおり精一杯おめかしをして、たっぷり色気をふりまいて参りますから。その結果がどうなるか、あたしは知りませんよ」

そのとき音もなく襖が開いて、妖精めいた少女が入ってきた。

「あたしも一緒にゆくわ」

可愛らしく結いあげた桃割れ髪に、赤珊瑚の銀簪を挿した小袖が、すんなりと伸びた白い脚をみせて立っていた。

水妖〈I〉

女は岸辺に立って、果てしなく続いている水の広がりを見ていた。

やっと戻ることができたのね、と女は思った。

この景色を忘れてしまってから、もう何年になるのだろうか。

女は思い出そうとして途中でやめた。

これまでに一度だって思い出したことがないことに気がついたからだ。

忘れていたわけではない。思い出すまいと決意してこの地を離れた。それからもう十年以上が過ぎてしまったような気がする。そのあいだ女の記憶は封印されていた。

女は水底を覗き込んだ。

透明な水底も、深いところでは、靄（もや）がかかったように白くかすんでいる。紗（しゃ）を掛けたような薄い光の膜を通して、水底に揺れている青黒い藻（も）の動きを、かなりはっきりと見ることができた。

風もないのに水面はゆるやかにたゆたい、じっと見つめていると、くらくらと目眩（めまい）がして、暗い水底に吸い込まれてしまいそうな気がする。

いっそこのまま水の底に、沈んでしまったらどうだろうか。

ふと怖くなって眼をあげると、水面は晴れ渡った空を映して、抜けるように青い。

ときおり雲の動きが水面に映って、わずかに影が差すことがある。

水面の明暗はその境界を定かにしないが、光と影は幾層かのまだら紋様（もんよう）となって、水底の景色をかき消してしまう。

あたしは帰ってきた、水妖の末裔（まつえい）となるために、と女は思った。

逢魔

一

お艶は小袖をつれて、下総と武蔵のあいだを流れる大川（隅田川）を渡った。毎日のように大川端の対岸から眺めていたお江戸の町は、喧噪と人の波にあふれていた。

日本橋を北に渡ると、そこは筋違御門まで続いている広い小路で、道の両側には室町一丁目から三丁目まで、整然とした町家が並んでいる。

室町三丁目の行き止まりには、江戸橋から直角に入ってきた掘割が、小舟町一丁目から鉤の手に曲がって、稲荷神社の手前で堀留になっている。

お艶は小袖と一緒に、室町三丁目の浮世小路を捜してみたが、兵馬が言っていた喜多村という名の料亭はどこにも見あたらなかった。

「たしか、ここだと思うけど」

お艶はさすがに行き暮れた思いで、どんよりとした空を映して、重くたゆたっている堀留の水を眺めた。

「どこにもお料理屋さんなんてないね」

小袖は駒下駄の音を響かせて、室町三丁目の東側、伊勢町と瀬戸物町のあいだに架かる雲母橋（きらず）まで走っていったが、すぐにあきらめて帰ってきた。

このあたりの繁華街は、小店や裏店が寄り集まっている本所や深川と違って、店の構えも立派で、人の出入りも多かった。

「もし。喜多村というお料理屋を捜しているのですが」

お艶が通りすがりの人に聞いてみても、さあ、あたしもここは初めてでしてと、にべもなく断られて取りつく島もない。

「あなたが捜しておいでの喜多村さまとは、そこのお家ではございませんか」

お艶が何度も道を聞いて、その度ごとに断られているのを見かねたのか、親切そうに声をかけてきた男がいた。

「お料理屋さん、と聞いておりますが」

目の前にある立派な構えの大店を指し示され、お艶は疑わしそうに呟いた。

「とんでもない。喜多村さまは、江戸の町年寄でございますよ」

これはとんだ田舎者だ、と拍子抜けした顔をして、男は陰気に笑った。お艶のあか抜けした容姿を見て、浮世小路の芸者ではないかと思っていたらしい。

町年寄といえば江戸の下町を仕切っている実力者だ。料亭の看板など出しているはずはないだろう。兵馬は勘違いをしていたらしい、とお艶は気がついた。

喜多村の店に入って鵜飼兵馬の名を出すと、お艶はすぐに奥の離れ座敷へ通された。奥に案内したのは、すべてを呑み込んでいる、という顔をした無愛想な年増女中だった。

「鵜飼は傷を負って動けないため、あたくしが代わって参りました。こちらへ伺えばわかるようになっているということですが、それでよろしゅうございましょうか。あたくし、ある方にお会いして、指示を待つようにと、申しつかっております」

お艶は玄関先で述べた口上を、離れ座敷に入ってからもう一度繰り返した。

「これは、これは。鵜飼さまの、お内儀でいらっしゃいますか」

奥の離れまで挨拶に出てきた喜多村彦右衛門と名乗る老人が、丁重な物腰でお艶に口上を述べた。

かなり年配の男だが、深い皺が刻まれている顔や手の皮膚は、なぜか赤ん坊のように柔らかそうだった。

「はい」

お艶は迷うことなく、平然として嘘をついた。兵馬とは赤の他人だ、などと言えば、その人に会わせてもらえないのではないか、と恐れたからだ。

「そして、このお子さんは、鵜飼さまの娘御、というわけですな」

小袖は無言のまま、彦右衛門の顔を見つめ返した。老人の口調に、なぜか揶揄しているような気配を感じたからだ。

「わたくしどもは、ただお宿をお貸しするだけでございますが」

彦右衛門は柔和な顔をして言った。

「こうしてお城の前に、店を張らしていただけますのは、すべて御公儀のお陰と心得ております」

くどくどと何を言いたいのか。お艶はふと不安になった。小袖を連れてくるところではなかったかもしれない。

兵馬の話では、喜多村というのは待ち合いに使われる料亭だということだが、町年寄だの御公儀だの、めんどうなことにかかわっているらしい。

恨みますよ、旦那、とお艶は兵馬に向かって胸の中で呼びかけた。あたしはそれでもあんたに頼まれたことは嬉しいけど、小袖ちゃんを巻き込むことではないわ。

「したがって、御公儀のためにならないお人かどうかを見分けるのも、わたくしの役目ということになります」

老人は眼を細めた。鋭い眼が深い皺の中に埋もれそうになった。

「あなたは平気で嘘をつかれる。鵜飼さまにお内儀などおられぬことは、わかっておりますのに。しかしあなたとしては、それ相当の覚悟があって言われたことでしょうな」

柔らかな物言いの底には、ぞっとするほどの凄みがあった。お艶はぴんと背筋を伸ばしたまま、無言で老人を見つめて笑みを絶やさなかった。

「あなたは正直な人だ、とわたくしは思いますよ。これは嘘でなく本心だと、あなたの顔にはっきりと書いてある。そのへんのところの機微は、非常に興味深いことですな」

お艶は思わず赤面したが、むろん顔色にはあらわさなかった。

「あなたが鵜飼さまのお内儀だろうと、そうでなかろうと、わたくしにはかかわりのないことです。わたしが見抜かなければならないのは、信ずるに足るお人かどうか、ということです。わたしはあなたの正直さを、信ずることにいたしました」

彦右衛門がぽんぽんと手を打つと、明かり障子が音もなく開いて、高島田に結いあげた若い女がそっと三つ指をついた。

「足が痺れて歩くのが大儀だ。肩を貸しておくれ」

若い女が裾を曳いて摺り寄ると、彦右衛門は女の細い肩に、もたれかかるようにして立ちあがった。

「あと小半刻ほどお待ちなさい。あなたがお捜しのお方をお呼びしましょう」

老人は女に手を取られて濡れ縁に出た。女の肩を借りなければ歩けないほど衰えているとは思えない、しっかりとした足取りだった。

二

倉地文左衛門は、喜多村の奥にある離れ座敷まで、駕籠のまま乗りつけてきた。歩くこともままならないような、深い傷を負っているらしい。

「それでは……」

兵馬に傷を負わせた刺客に、この人も襲われたのかと、お艶は急に胸が騒いだ。

「鵜飼兵馬が、斬られたというのは本当か」

倉地文左衛門は畳に上がってからも杖を放さなかった。左足を引きずるようにして上座に着くと、お艶が口上を述べるのも待たず、もどかし気に問いかけてきた。

「はい。夕闇どきに後をつけられ、すれ違った瞬間に斬られたということです。幸いにも命は取り留め、あたくしの宿で養生しておりますが」

「それでは、命に別状はないのだな」

倉地はほっとしたように念を押した。お艶は黙ったまま頷いた。

「それは……」

倉地はお艶の高く結いあげた髪に眼をやった。そのまま視線は横に流れ、お艶の傍らに座っている小袖の桃割れ髪を見ると、納得したかのように微笑んだ。

「なにをご覧になられたのですか」

いままで黙ってお艶の脇に座っていた小袖が、無邪気な声で倉地に問いかけた。

「お二人とも、よい簪を挿しておられるな」

倉地はまじめな顔をして、およそ場違いなお世辞を言った。

お艶は兵馬からもらった銀簪を挿している。二羽の鶴が嘴を寄せ合い、雌雄が一体となった図柄を彫金した精巧な造りだった。

二羽の鶴が踏まえているのは二つ玉の水晶だった。お艶は兵馬が初めてくれたその簪が気に入っていた。

小袖も珊瑚玉を飾った銀簪を挿している。ふだんは引っ詰めにしている髪を、簪を飾るために桃割れに結った。小袖も兵馬から土産をもらったのは初めてのことだった。

「わしはちょっと難しい立場にいる者でな。滅多なことで見知らぬ者の呼び出しに応じることはない。喜多村からの使いが、水晶と珊瑚の銀簪を挿した女人が、わしを訪ねてきた、と告げたので、そなたたちに会ってみることに決めたのだ。悪く思わんでくれ」

「なぜですか」

小袖はなおも問い返した。うるさい小娘だ、と一喝されるのではないか、とお艶はひやひやしたが、なぜか倉地はおもしろそうに、童女なのか妖女なのかわからないような、小袖の顔を眺めている。

「その簪は、鵜飼兵馬からもらったのであろう」

お艶と小袖が驚いて顔を見交わすのを見て、倉地は満足そうに笑った。

「図星か」

倉地は急にへだてのない口調になった。

「その簪を、回向院の境内で売っていたのは、江戸向こうの地廻りをしているわしの仲間だ。兵馬が江戸に帰ったことは、わしにもわかっていた。すぐに連絡を取らなかったのは、このためじゃ」

倉地は引きずっていた左足を指して、軽くぽんと叩いた。

「せっかく鵜飼が血路を開いてくれたのに、安全なところに逃げたはずのわしは、面目ないことに、まごまごしているうちに追っ手に囲まれてこの始末だ。しかし、あの難局を切り抜けて江戸に帰った兵馬が、まさか、この江戸で斬られようとは思わなかったぞ」

この人は親密そうな話し方をしているが、まだまだ心を許してはならない相手だ、とお艶はあらためて気を引き締めた。

「鵜飼が斬られるとは、よほど腕の立つ相手に襲われたのであろうな」

どうも信じられん、と言いながら、倉地はまぶしそうな眼をして、お艶の顔をちらちらと見ている。

色香に迷わせてみろ、と言った兵馬の趣味の悪い冗談をまともに受けて、お艶は年甲斐もないほど派手な衣裳に身を包んでいた。

「なにか心あたりはございませんか」

お艶は男の気を引くかのように、色っぽく小首を傾けて倉地の顔を覗き込んだ。

「ない。こちらに向かう途中、駕籠の中でいろいろと考えてみたのだが、心あたりと言えるようなことは、まったくないのだ」

「鵜飼も、わからぬ、と申しておりましたが、幾つか心あたりはあるようです」

お艶は倉地に口を滑らせようとして、誘いの水を向けた。

「鵜飼の言うことなら、例によって賭場の恨みか。しかし賭場の無宿人などに、兵馬を斬れるほど腕の立つ奴がいると思うか」

倉地は逆にお艶に問いかけて追及を逸らした。

「あるいは、ある筋から送り込まれた刺客ではないか、とも申しておりましたが」

お艶はずばりと核心をついた。倉地は平然として動ずることがなかった。

「確かにな。ある筋からの刺客にでも襲われぬかぎり、鵜飼ほどの遣い手が滅多なことで斬られるはずはない。しかしわしの知るかぎり、その筋から刺客が送られてくる理由もなければ、そのような噂も聞かぬ」

ほんとうだろうか。お艶はさらにもう一歩を押してみた。

「あなたさまも刺客に襲われるのではないか、と鵜飼は心配しておりましたが」

倉地は屈託のない声で言った。

「わしの傷は最近のものではない。心配無用、と伝えていただこう」

すると傍らにいた小袖が、いきなり口を挟んだ。

「その傷を見せてください」

「まあ、小袖ちゃん、失礼ですよ。なんてことを言うのです」

お艶が驚いて止めたが、小袖は無邪気そうな笑みを浮かべたまま一歩も譲らなかった。

「なぜかな」

倉地は腹も立てずに言った。

「安心したいのです」

倉地は無言のまま、童女のような小袖の姿を、上から下まで撫でまわすように見ている。今度こそ怒るのではないか。お艶はどきどきしながら見守っていた。

倉地はしばらく無言のまま、小袖の顔を穴のあくほど見つめていたが、ふと表情を崩して静かな声で呟いた。

「なるほど」

引きずっていた足を痛そうに伸ばして、小袖の前にぐいと突き出した。

「これは斬り傷ではありませんね」

小袖は熱心に倉地の足を見ていたが、すぐに怪訝(けげん)な顔をして言った。

「わしは斬られたとは言っておらぬぞ」

倉地は声を立てて笑った。

「闇の中で大勢に囲まれ、ようやくのことで切り抜けたが、そのとき崖から滑り落ちて怪我をした。脱臼と骨折。おかげでどうやら生き延びることができたとはいえ、ざまはないわ。まだ全治するまでにはほど遠いと医者に言われた」

そういうことなら、とお艶は思った。この人は兵馬を斬った刺客に襲われたのではないらしい。でも、御公儀に仕えているというこの人が、幕閣から送り込まれた刺客側にまわった、ということは考えられないだろうか。

「そういうことはあり得ない」

すると、お艶が何も言わない先から、倉地はお艶がふと抱いた疑惑を見通したような言い方をする。やはり油断できないお人だ、とお艶は思わず身構えた。

「鵜飼兵馬はわしの大切な持ち駒だ。兵馬がわしの相棒だということは、仲間内にさえ知らせてはいない。兵馬を知る者はわし以外にはいないのだ。わしは御公儀のために、その種の仕事をしている者だ。そのわしが秘密の持ち駒を手放したりすると思うか。もしもある筋から刺客が送られてくるとしたら、わしのしている仕事が邪魔になったときだ。そうなれば、兵馬より先にこのわしが狙われるはずだ」

言い終わってからも、倉地はじっとお艶に見入っていたが、やがて意を決したかのように口説きはじめた。

「どうかな。そなたも鵜飼兵馬のように、わしと組んで御公儀のために働いてみる気はないか。その色香と、始末屋お艶の度胸があれば、ずいぶんと役に立つに違いない」

突然に名を呼ばれ、お艶は驚いて倉地の顔を見返した。会う前にこちらの素性をすべて洗い出していたに違いない。

お艶はにっこり笑うと、これまでしおらしく装っていた、良家の御新造らしい振舞いをがらりと捨てた。

「まあ、お人が悪い。あたくしが始末屋お艶というあばずれ女と、知っていたんでござんすか。そうなりゃ、話は手っ取り早い。これからは単刀直入にいきましょう」

お艶は裾を乱して片膝を立てると、始末屋らしい口調に戻って一息にまくしたてた。

「さっそくですが、いまのお誘いは、なかったことにしていただきましょう。あたしは哀れな女郎たちから『首代』をもらって渡世をしている始末屋でござんす。その上、あたしの死んだ亭主は、御公儀によって獄門に架けられた刑死人です。とても御公儀のお役に立てるような者じゃあござんせん」

それに、とお艶は身を乗り出すようにして付け加えた。

「鵜飼はなにも話してはくれませんが、旦那の御身分については、あたしにもおおよその察しはついております。はばかりながら、あたしも始末屋お艶と言われる女、この世の表とは無縁の者ですが、裏の事情なら嫌でもこの耳に入ってくるのでござんす」

倉地は呆気に取られたという顔をして、よく動くお艶の赤い唇を見ている。

「あたしは何よりも、汚ねえ手口は嫌いでござんす。鵜飼をさんざん利用しておきながら、都合が悪くなったら刺客を送り込む。そんな手合いを許すわけには参りません」

お艶はここで一息入れると、凄い眼をして倉地の顔を正面から睨んだ。

「もしも、もしもでござんすよ。もしも旦那が、鵜飼を殺そうとする側にまわるようなことがあれば、あたしが許しはしませんよ。始末屋お艶の名にかけて、その始末はきちんと付けさせてもらいます」

わかった、と言って倉地は片手を上げてお艶を制した。

「そなたの心底、しかとみとどけた。お互いにわかっていることであれば、いまさら隠す必要もあるまい。わしは公儀御庭番、倉地文左衛門兼光（かねみつ）と申す」

倉地は威儀を正し、あらためて名乗った。

「存じあげております」

お艶はさっと裾の乱れを直すと、すぐにまた、しおらしい女に戻った。

「鵜飼がそなたを、喜多村に送り込んできた理由もわかった。始末屋お艶でなければ、この始末は付けられないものと踏んだのであろう」

倉地は唇の端でにやりと笑うと、冗談のように言った。

「なかなか迫力のある啖呵を聞かせてもらった。さすがに始末屋お艶と名を売っただけのことはある。わしはすっかりそなたに惚れた」

「まあ、ご冗談ばかりおっしゃいますな」

お艶はほんのりと頬を染めた。威勢のよい啖呵を切った後なので、血色がよくなっているのかもしれない。

「惚れたついでに申しておくが、わしは仕事柄あきらめの悪い男でな。先ほどの誘いはただの思いつきではない。いつかわしの下で働いてもらえるものと期待しておるぞ」

これで用が済んだと思ったのか、倉地は杖にすがって立ち上がろうとした。小袖がさっと寄って肩を貸した。

「いい子だ。困ることがあったら、この喜多村に来るがよい。すぐにわしのところまで連絡が入るはずじゃ。力になってやることができるかもしれぬ」

頃合いを見計らっていたのか、音もなく明かり障子が開いて、お艶を奥に案内してきた無愛想な年増女中が顔を見せた。そのまま畳の上を滑るようにして入ってくると、慣れた手つきで、妙にいそいそと倉地の世話をしている。

「倉地さま、お気をつけなさいませ」

お艶はふと胸騒ぎを覚えた。この胸騒ぎは何に対するものとも知れなかったが、とりあえず、いま身近にいる倉地に声をかけたのだ。

「鵜飼にもそう伝えてくれ。兵馬を襲ったのは、たぶん幕閣から送り込まれた刺客ではあるまい。それだけに得体の知れない恐ろしい相手かもしれぬとな」

兵馬を襲ったのは幕閣からの刺客ではない、と断言した倉地も、今回の事件には不気味な影を感じているらしい。

「わしの方で調べられるだけのことはしてみよう。兵馬はへたに動かぬ方がよい」

離れ座敷の濡れ縁には、すでに町駕籠が寄せられていた。倉地は年増女中の肩を借りて駕籠に乗ると、喜多村の裏木戸を抜けて、室町三丁目の雑踏の中に姿を消した。

三

お艶は小袖と一緒に喜多村を出ると、十軒店から本石町へ続く広い小路を、神田川に向かって歩いていった。

そのまま真っすぐに北上すれば、外神田に通じる筋違御門へ出る。

「どうせ遠くまで来たのだから、帰りは少しまわり道をして、湯島の天神様でもお参りしてゆきましょうか」

お艶はふと思いついたように声をかけた。小袖はぼんやりと時の鐘を眺めていたが、思いがけないお艶の誘いに、嬉しそうな笑みを浮かべた。

本石町の鐘は、御城内から下賜されたという由緒あるもので、江戸で一番古い時の鐘と言われている。

小袖はその由来について知ることはなかったが、お艶の住む深川入江町にある時の鐘と、それとなく見比べていたところだった。

「櫓も鐘も立派だね」

それはお濠の内にあるお江戸日本橋と、川向こうの本所との違いというものだ。

「そうね」

お艶はめずらしく屈託(くったく)していた。

倉地との会見で、明らかになったことはひとつもない。しかしこれでお艶が、闇に生きる兵馬の領域へ、一歩を踏み込んだことは確かだった。

小袖は喜多村を出てから、ほとんど無言のままお艶の左脇を歩いていた。もともと無口な娘で、何を考えているのかわからないところがあったが、お艶とはなぜか気心が通じて、すなおに童心をみせてくれる。

「あのおじさん、悪い人ではないと思う」

小袖はそのことをずっと考えていたらしく、気にしていた結論をやっと口にした。

「どうしてなの」

「何を言っても怒らなかった。やましいところがないからだと思うわ」

「悪い子。わざと怒らせるようなことを言ってみたのね」

お艶は呆れたように笑うと、思わず小袖の手を握りしめた。兵馬のために奮(ふる)い起こした小娘の勇気を、そうすることでほめてやりたかったのだ。

握りしめた小袖の手は、お艶の掌にすっぽりと入るくらい小さくて、まるで氷菓子のように冷たかった。

「でも、お艶さんの方が、もっとあの人を怒らせるようなことを言ったよ」

小袖は童女のように小鼻を鳴らして笑った。

確かにその通りだが、あの御庭番は、女風情に何を言われようとも腹を立てない、したたかな男なのかもしれない、とお艶は思う。

倉地文左衛門と名乗ったあの男は、いくら挑発しても腹を立てなかったばかりではない。悔しいことに、お艶の色じかけにも乗らなかった。

兵馬が倉地を評して、あれでなかなか、したたかな、食えないお人だ、と言っていた意味が、ようやくわかったような気がする。

相手を乗せようとして、かえって乗せられてしまったのではないか、とお艶は思った。こちらの手の内はすべて見せてしまったが、倉地の思惑まではつかめなかった。

これでは兵馬から託された役目を、果したことにならないだろう。

めずらしく屈託を抱え込んだお艶が、ふと湯島天神に寄ってゆこう、という気になったのは、兵馬とはじめて出会ったのが、湯島の境内だったことを思い出したからだ。

あれはまだ初夏が始まったばかりの、さわやかな風が樹々の小枝を揺らしていたころだった。お艶はあのとき裸の素肌をなぶって吹きすぎた、柔らかな風の感触までも思い出した。

すでに花の盛りはすぎ、樹々の緑もしだいに濃くなって、野遊びには格好な、穏やかな日々が続いていた。

宮地芝居で賑わっていた湯島の境内で、刀を抜いて暴れていた半狂乱の男を、お艶は素っ裸になって取り押さえたことがある。

放っておけばさらに犠牲者が出るだろうと思い、お艶は咄嗟(とっさ)の機転で、すっぱりと着物を脱ぎ捨て、暴漢の度肝(どぎも)を抜いたのだ。

あのことがあってから、喧嘩や刃傷沙汰があるたびに、お艶がいつ裸になるかと、やじ馬たちが助平たらしく期待するようになった。

しかし兵馬と知り合ってからのお艶は、これまでのように喧嘩の仲裁はしても、気っ風よく肌を脱いで見せることはしなくなった。

あのときの見物人たちの中に、倉地文左衛門がいたことを、お艶は知らない。冷静にみえた倉地が、じつはお艶の色香に迷わされていることにも、気づいてはいない。

御庭番倉地文左衛門は、たまたま湯島天神の境内で見たお艶の裸を、称賛していた男たちのひとりだった。

お艶に惚れた、と言った倉地のお世辞も、その場かぎりの冗談ではなかった。それゆえ倉地は御庭番であることを隠さず、一緒に働くつもりはないかと誘いをかけたのだ。

御庭番の仕事は命懸けだ。男が女を命懸けの場に誘うとすれば、それは無理心中をもちかけたことに等しいだろう。

お艶はそのことに気づいてはいないが、小袖が、あのおじさんは悪い人ではない、と言ったのは、倉地の心情に嘘が交じっていないことを、見抜いたからにほかならない。

お艶は兵馬との出会いを懐かしむよりも、湯島天神で願かけでもしなければやり切れないような、重くだるい気分を抱え込んでいた。

小袖は楽しげに駒下駄を鳴らしながら、お艶の先になったり後になったりして、嬉しそうについてくる。

こうしていると、まるで童女のように見えるが、小袖がそろそろ初潮が始まる年頃に入ろうとしていることをお艶は知っている。

女の悲しみと喜びが始まる年頃だ、とお艶は思う。しかしこの難しい年齢を、見守ってやれる者が小袖にはいない。

小袖がいつまでも童女のままであり、しかも神懸かりした巫女のような叡知をもっているのは、あの子の不幸なのではないだろうか、と思うことがある。

賭場の用心棒で日銭を稼ぎながら、浮草のような暮らしをしている鵜飼兵馬は、おそらくそのことに気づくはずがない。

小袖が何を恐れ、何を望み、何を待っているかを、知ることもなければ、考えてみようともしないだろう。

仕方のない人、と思いながらも、お艶にとって兵馬は誰よりも気になる男だった。

「あのあたりが神田川よ」

お艶が指さした方角に、女の洗い髪のような細い葉を茂らせた柳の並木が見えてきた。

柳を植えた神田川の河岸が、城壁のように堅牢な高い石垣で固められているのは、江戸城の外濠として装備されているからだ。

筋違御門の手前には、広い火除地を設けてある。明暦の大火のとき、めらめらと燃えあがった炎が、烈風に乗って空を飛び、神田川の外濠を飛び越えて内神田まで燃え移った。焼亡後の町づくりは、飛び火を避けるため、河岸に広小路をめぐらせて火除地を設けた。

筋違御門前の広場には、昌平（しょうへい）橋、芋洗（いもあら）い坂、駿河台（するがだい）、三河町筋、連雀（れんじゃく）町、須田（すだ）町、柳原（やなぎはら）、そして筋違御門と、八方に延びた小路が集まっている。そのためこの火除地は、八ツ小路、あるいは八辻ケ原と呼ばれている。

お艶は須田町から八辻ケ原へ出ると、石積の升形を通って筋違御門をくぐり、門衛たちに胸を触られたりしながら、雑踏の中を掻き分けるようにして、ようやくの思いで神田川を渡った。

「入江町のお艶さんも、お江戸へ出ては形なしだね」

お艶はいまいましそうに舌打ちした。

「天神様だけでは御利益が足りないね。いっそ将門様で厄落としでもしましょう」

筋違御門から神田川を渡って、濠端を左にゆけば、湯島の聖堂と呼ばれる幕府直轄の昌平坂学問所がある。

その脇の小路をさらに北に進めば、ちょうど聖堂の裏手にあたるところに大鳥居が立っていて、それから先は神田明神の境内になる。

神田明神には、関東八ケ国を制覇して都の支配から切り離し、東国の独立を宣言して新皇と称した、相馬小次郎将門の霊が祭られている。

境内は一万坪の広さがある。参道には男坂、女坂と呼ばれる別々の石段があり、それぞれ十二間、十七間、いずれの石段にも一間半の幅がある。

お艶は十七間の女坂を登りながら、誇らしげな口ぶりで小袖に言った。

「あたしたち江戸っ子の気質は、ここに祭られている将門様から受け継いでいるのよ」

神田明神の拝殿前は、大勢の参拝客で賑わっていた。

「どんな気質？」

小袖は無邪気そうな顔をして、お賽銭をひねっているお艶に問いただした。

「そうね。威張っている奴をみるとそっぽを向きたくなったり、困っている人をみると、何とかしてあげなくちゃ、と思うことかしら」

そんな単純なことではない、とお艶は思った。強権には反旗をひるがえし、いかなる圧制にも屈しない反骨魂。いいえ、それとも少し違うようだわ、とお艶は苦笑した。

「じゃあ、お艶さんがやってる始末屋も、将門様と同じね」

小袖は悪戯（いたずら）っぽく笑った。

「あまり賢いやり方ではないのかもね」

お艶は自嘲するように言った。

「どうしてなの？」

小袖は無邪気に問い返した。

「始末屋をしていたあたしの亭主は、そのために獄門に架けられたし、いまは神様として祭られている将門様だって、最後は戦（いくさ）に敗れて首を斬られたのよ」

しかも将門の首塚は、神田川を挟んで対岸の柴崎（しばさき）にある。平将門の胴と首は、死後もなお神田川によって切断されているのだ。

小袖は小首をかしげた。

「変ね。それって逆じゃないの」

人のために役立ちたいと思うのは悪いことなのか、と小袖は言っているらしい。それは殺されても仕方のないような愚かなことなのかと。

「愚かではないけれども、賢くできない人って、いるものなのよ」

変な言い方だこと、お艶は自分の言いぐさに失笑した。

「うちの兵馬おじさんみたいね。あの人、決して賢くはないわ」

小袖はずっと兵馬のことを考えていたのだ、とお艶は痛いほどにわかった。兵馬を避けるようにしていたのも、兵馬を評するときの痛烈な口調も、すべて兵馬への思いの深さを、裏返しにしたものだったのだ。

「鵜飼の旦那はね、決して神様になんかなれない人なのよ」

お艶もつい小袖の口車に乗って、兵馬へのやる瀬ない思いを口にした。

「だってあの人は、賢くない上に愚かなんですもの」

小袖は身も蓋もないことを言い出した。

「やめましょう。神様の前で人の悪口なんか言うものじゃないわ」

お艶は苦笑して、もう一言いいたいところを押しとどめた。気になる男の悪口を言い出したら、女の口は止めどがなくなる。

乾いた音を立てて鰐口（わにぐち）が鳴った。拝殿前の箱には賽銭を投げ込む音が後を絶たない。

お艶はおひねりにした賽銭を、思いっきり勢いよく投げ入れた。

じゃらじゃらと賽銭がぶつかり合う音が意外なほど高く響いて、当たりぃー、とふざけて叫ぶやじ馬の声が、どこからともなく聞こえてきた。

四

神田明神から湯島天神まで歩き、さらに足をのばして不忍池（しのばずのいけ）の弁財天を拝んできたので、お艶が本所入江町に帰ったときには、すでに暮れ六つの鐘は鳴り終わっていた。

薄暗くなった家に入ると、病床に寝ているはずの兵馬がどこにもいなかった。蒲団は畳まれて片隅に寄せてある。あの傷でどこかへ出掛けたらしい。

お艶は青くなって、出入りの若い衆に問いただした。

「旦那にお使いの人が見えまして、すぐお出掛けになりました。たしかまだ七つ刻(どき)(午後四時頃)だったと思いますが」

「旦那はまだ傷が癒えていないんだよ。どうして出してしまったんだい」

お艶は、ついかっとして若い衆を叱りつけたが、兵馬が出掛けるつもりになれば、たとえ誰が止めようとも、人の言うことなど聞かないだろう。

「どこから来たお使いだえ？」

お艶は急に不安になった。倉地の声が耳に残っている。

「たしか、あかぎやとか、あおいやとか、言っておりましたが、相手も血相を変えておりましたので、くわしく確かめることはできませんでした」

兵馬を呼び出したのは、赤城屋ではなく、葵屋に違いない、とお艶は思った。

数日前、葵屋の番頭が兵馬を訪ねてきたが、その帰りに大川へ身を投げたのか、水ぶくれになった死骸が、両国の橋桁に掛かって大騒ぎになった。

その件で、兵馬は目付きの悪い岡っ引きに呼び出され、そのまま富沢町の葵屋吉兵衛を訪ねた帰りに、後をつけてきた男からすれ違いざまに斬りつけられて負傷した。

兵馬の災難は、すべてが葵屋とかかわっている、とお艶は嘆息した。

「なにか伝言はなかったかい」

お艶は気がせいてならなかった。

「へえ。心配することはない、と言われました」

いつもそれだ。事情も知らせずに、心配するな、もないもんだ、とお艶は本気で兵馬に腹を立てた。

すぐに葵屋まで押しかけて、思い切りとっちめてやりたいところだが、夕闇が迫れば、入江町の女郎街で始末屋お艶の仕事が始まる。

「おまえ、すまないが、日本橋富沢町にある葵屋吉兵衛さんの店までひとっ走りして、鵜飼の旦那からくわしい事情を聞いてきておくれ」

へえ、と返事をしながら、若い衆は心配そうに付け加えた。

「こっちは姐御ひとりで、大丈夫なんですかい」

お艶はにっこりと笑顔をみせた。

「かまやしないよ。慣れた仕事場さ」

「もっとも、姐御が一声かけりゃあ、手助けに駆けつけてくる人数には、こと欠かねえでやんすからね」

若い衆は草鞋(わらじ)の紐をきゅっと締め直し、着物の裾を帯に挟んで尻からげをすると、それじゃあ、ひとっ走り行ってめえります、と言って脱兎のように駆け出した。

「ほんとうに、日本橋まで駆けてゆくつもりかしら」

若い衆を見送った小袖が、何がおかしいのか、くすくすと笑った。兵馬がいないことを知って、しばらく呆然としていた小袖も、やっと笑みを取り戻したらしい。

「そんなに息が続くはずはないでしょ。心意気をみせてくれたのよ。それが何よりも嬉しいじゃないの」

つまりお艶は、そういう世界に生きている女なのだ。

小袖は明神様の境内でお艶から聞いた、将門塚のことを思い出した。将門の霊は明神となって湯島台に祭られても、首塚は神田川をへだてた対岸にあるという。

兵馬のことを、おじさん、おじさん、と呼んで付きまとい、へだてなく甘えていた頃も確かにあった、と小袖は思う。

しかしいつの頃からか、兵馬とのあいだには越えられないへだてがある、と感ずるようになった。

将門様が湯島の神田明神に祭られながら、首塚は神田川の流れによってへだてられているように、小袖と兵馬はいまや遠くへだてられている。

あるいは、へだてなく甘えていたと思うのは、ただの錯覚にすぎなかったのかもしれない、と思うことがある。

　幼い頃からの記憶をたどってみれば、兵馬はいつも小袖の身近にいた人ではなかったような気がする。

　いつでも小袖の身近にいたのは、蛤町の蛞蝓長屋で、暢気なその日暮らしをしていた人たちだったのかもしれない。

　小袖は幼い頃から、怠け者で気のいい、貧乏で気前のいい、ずるくてお人よしの、長屋の人たちに育てられたようなものだった。あの薄汚くて人臭い蛞蝓長屋こそが、幼い頃の小袖をはぐくんできた家だったのだ。

　小袖が兵馬にへだてを感じるようになったのは、蛤町の蛞蝓長屋を引き払ってしまったからなのかもしれなかった。

　あたしは家を失ったのだ、と小袖は思う。兵馬にへだてなく甘えることができたのは、あの人肌のなつかしい蛞蝓長屋に住んでいたからに違いない。

　蛞蝓長屋には、消えてしまったお蔦の思い出も残されていた。ほとんど思い出すこともできないほど幼い頃の記憶だが、小袖にとってはほんのりと甘い蜜の味がした。

　それも消えた、兵馬だけが残った、と小袖は思う。それなのにまるで将門の首と胴のように、ふたりは遠くへだてられて近づくことはない。

「大丈夫よ。心配することはないわ」

急に黙り込んでしまった小袖を慰めるかのように、お艶が笑顔を寄せてきた。

「おじさんみたいな言い方をするのね」

小袖は小さな声で笑った。心配するなと言った兵馬に、お艶が本気で腹を立てていたことを、からかったのだ。

「あら、いつのまに似てしまったのかしら」

お艶はけろっとして、惚気（のろけ）とも取られかねないような言い方をしている。

五

「襲われたのは、いつのことだ」

葵屋の蔵座敷に通された兵馬は、四方を厚い漆喰の壁に囲まれた塗籠の中で、蒲団に包まれてふるえていた吉兵衛の枕元へ、どっかりと座り込んだ。

入江町で傷の養生をしていた兵馬が、葵屋吉兵衛が襲われたことを知ったのは、お艶たちが日本橋富沢町へ出掛けた直後だった。

「主人が斬られました。すぐに来ていただけませんか」

血相を変えて駆け込んで来たのは、いつもしかつめらしい顔をして葵屋の帳場に座っている手代の松吉だった。

災難つづきの葵屋では、番頭が殺され、主人の吉兵衛が殺人の予告に怯えて土蔵に籠もるようになってからは、手代の松吉がひとりで商売を仕切っていた。

いわば葵屋の屋台骨を背負っているようなこの男が、大事な帳場を捨てて駆け込んできたからには、よほど尋常でない事件が起こったに違いない。

兵馬は松吉が用意した町駕籠に乗って、日本橋富沢町に急いだ。ほとんど同時刻に、お艶と小袖は日本橋北の室町三丁目にいた。三人は意外と近い場所にいたことになる。

「ゆうべの子（ね）の刻（深夜）の頃でございました」

兵馬の顔を見た吉兵衛は、やっと安心したかのように、落ち着いた声で話し始めた。

「裏木戸を叩く音が聞こえてきたのです」

手代の松吉や丁稚（でっち）たちは、昼の疲れで寝静まっていた。吉兵衛は裏木戸を叩く音にめざめて厠（かわや）に立った。はじめは風の音かと思っていたらしい。

厠で用を済ませた吉兵衛が、ふと裏木戸に回ってみる気になったのは、お蔦のゆくえを捜させていた密偵のひとりが、何か手掛かりでもつかんで、知らせにきたのではないかと思ったからだ。

「ちょっと待て。その連中はいつも世間が寝静まってから会いにくるのか」

まるで泥棒ではないか。兵馬は不思議な気がして問いただした。

「あたしが探らせている内容には、他聞をはばかることも少なくはありません。世間が寝静まってからの方が都合がよいのです」

吉兵衛は傷口の痛みにひいひい言いながらも、何が悪いか、とふてぶてしい顔をして居直っている。

「よほど後ろ暗いことをしているとみえるな」

兵馬は皮肉っぽい口調で揶揄した。

「いえいえ、とんでもない。これはみな商売上のことでして。他の人たちより少しでも早く他国での値動きを知り、千載一遇の商機を逸しないことが、あたしどもにとっては商売繁盛の秘訣ですからな」

「なるほどな。人を出し抜いて利鞘（りざや）を稼ぐのが、葵屋吉兵衛の商法か」

「人聞きの悪いことを言われては困ります。お侍さまが刀に命を懸けておられるように、あたしども商人は金に命を懸けているのです。生半可なことでは生き残ることのできない世界でございますよ」

吉兵衛の鼻息が荒くなった。金の話をしていると、斬られた痛みも忘れるらしい。

「商売のことなど、この際どうでもよい。昼間から土蔵に隠れているような臆病な男が、夜中にのこのこと裏木戸まで出てゆくとは、ずいぶん不用心な話だな」

兵馬はうんざりして、ゆうべ吉兵衛が襲われた一件に話を戻した。

「その点に抜かりはございません。あらかじめ裏木戸を叩く合図を決めてありまして、その叩き方によって、だれが戻ったかを知ることができるのです。ゆうべあたしが聞いたのは、権次という男が叩いた合図でした」

吉兵衛は庭下駄を履いて裏木戸に回った。しばらく途絶えていた戸を叩く音が、裏木戸に近づくにつれてまた聞こえてきた。

「権か？」

吉兵衛は裏木戸越しに声をかけた。さようで、という声は確かにお蔦のゆくえを探らせていた権次のものだった。

吉兵衛は裏木戸に取り付けたのぞき窓を開いた。相手の顔を確かめてから木戸を開くために、板戸に細工したからくり仕掛けだった。

のぞき窓を開いても、そこに権次の顔はなかった。ぽっかりと開いた穴の向こうには、漆黒の暗闇が広がっているばかりだった。

「どうしたのだ、権」

吉兵衛がのぞき窓にすり寄るようにして声をかけると、どす、という鈍い音がして、裏木戸越しに、いきなり槍の穂先が突き出された。

「身を避ける暇もありませんでした。あたしは裏木戸のかんぬきをしっかり押さえて、賊の侵入を防ぐのが精一杯で、咄嗟に呼び笛を吹くことさえできません」

ほんの数瞬の間に、手槍は裏木戸を刺し貫いて、どすどすと数回ほど突き出された。まるで板戸越しに、吉兵衛の動きを透視しているかのように、鋭い穂先が間も置かずに襲いかかってきた。

手槍がことごとく急所から逸れたのは、吉兵衛の腰が砕けて立つことが適(かな)わなかったからで、臆病な身ごなしが、かえって予測できない動きとなって、相手の目算を狂わしたからに違いない。

吉兵衛は倒れながら、首から下げていた呼び笛を吹いた。この音を聞けば、即座に十数人の無宿人たちが集まることになっている。そのために吉兵衛は、ふだんから連中に銭をばらまいていた。

「それで、助っ人は来たのか」

兵馬は憫笑(びんしょう)するように言った。

「もちろん、来ましたとも」

吉兵衛は胸を張ったが、すぐに情けない顔をして付け加えた。

「しかし、殺し屋が逃げてしまった後からですがね」

危険が去ったことを確かめてから、ぞろぞろと集まってきたらしい。

「金の力など、その程度のものだ」

兵馬は吐き捨てるように言った。

「そうですかね」

そう言うお前さんだって、金で雇われた用心棒じゃないか、と言いたいところをぐっと抑えて、吉兵衛は恨めしそうな眼をして兵馬を睨んだ。

しかし、吉兵衛が日頃から銭をばらまいて、無宿人たちを飼っておいたのは、決して無駄ではなかった。

その中の一人に、はじめからこの事件を目撃していた男がいた。そのときは恐ろしくて身動きができなかった、と後になって弁解したが、ばらまかれた銭に相当するだけの仕事をして、それ以上の働きをしなかった、というのが本音だろう。

「その男の話から、殺し屋の手口がわかったのです」

権次はお蔦に関する何らかの情報を、吉兵衛に伝えようとしていたらしい。お蔦のゆくえを捜していた密偵たちが、次々と消されていったなかで、権次だけはひとり殺し屋の魔手を逃れて、ゆうべまで生き延びていた。

「その男、何か重大なことをつかんでいたのではないか」

兵馬はふとそんな気がした。

「あるいは殺し屋にねらわれて、あたしの助けを求めていたのかもしれません」

権次が裏木戸から吉兵衛への合図を送っているとき、暗闇に隠れた殺し屋が、その背後からじっとようすを窺(うかが)っていたという。無宿人のひとりがそれを目撃していた。

「そのときまで、権次は生きていたのだな」

権次がすでに殺されていたのだとしたら、また話は違ってくる、と兵馬は思った。

「あたしに送る合図は単純ではありません。権次でなければわからないことです」

権次の合図を聞きつけた吉兵衛が裏木戸に回ると、権次の後をつけてきた黒い影がすっと音もなく背後に忍び寄り、襲われた権次に恐怖や苦痛の声さえも上げさせず、ただの一突きで刺し殺した。

権次が音もなくその場に崩れると、それと入れ替えにのぞき窓が開いて、憔悴(しょうすい)した吉兵衛の顔が幽霊のように闇の中に浮かんだ。

権次を刺し殺した黒い影は、裏木戸越しに手槍を繰り出し、ほんの一瞬のあいだに、数回にわたって板戸を突き刺した。そのときになって呼び笛が鳴るのを聞いたという。

無宿人たちがぞろぞろと路地裏から集まってくるのを見ると、黒い影は舌打ちしてその場を去った。

その男は、無宿人たちを恐れて逃げたというよりも、顔を見られることを避けようとしているようにみえたという。

「お陰であたしは、間一髪のところで命拾いをしたわけです。これも日頃からあの連中に銭をばらまいておいた、功徳というものでございましょう」

吉兵衛は相変わらず銭にこだわっているが、兵馬にとってはそのようなことはどうでもよかった。

「まったく、役に立たぬ奴らだ。せめて権次が殺される前に賊を追い払ってくれたら、何らかの手掛かりをつかめたかもしれないのに、生き証人の権次が殺されてしまっては、またもとの振出しに戻るほかはない」

兵馬は落胆したように太い吐息をついた。

「ところで鵜飼さま、その包帯はどうされたので」

おのれの遭難について話し終えた吉兵衛は、ようやく兵馬の襟元から覗いている包帯に気がついたらしい。

もっとも、傷口にはぎりぎりと包帯を巻いたが、その上から着物を羽織っているので、外見は物ぐさ者が懐手をしているようにしかみえない。

「じつはな。ゆうべはおれも刺客に襲われたのだ」

吉兵衛は、ぎぇー、というような、大袈裟な悲鳴をあげた。殺し屋の影に怯えて兵馬に護衛を頼んだのに、その日のうちに斬られたというのでは、用心棒としての信頼は、大いに低下せざるを得ない。

「先生を斬ったのは、あたしを襲った殺し屋でしょうな」

吉兵衛は急にぶるぶると震えだした。兵馬が駆けつけてきたときの安心感が崩れて、ゆうべの恐怖がよみがえったらしい。

「先生までが斬られるような、恐ろしい奴が相手では、いったいあたしは、だれを頼りにしたらよいのですか」

吉兵衛はまるで腹を立てているような、恨みがましい眼で兵馬を見た。

「おなじ相手とは決まっておらぬ」

兵馬は憮然として受け流した。

葵屋の番頭はただの一太刀で袈裟懸けに斬られている。これは吉兵衛に雇われた密偵たちを斬った男と、同じ剣を遣うとみてもよいだろう。

しかし、ゆうべ兵馬と刃を交わした男は、ただの殺し屋とは思われない、正統な剣を遣う相手だった。剣の格ということからいえば、気品すら感じられるほどみごとな足さばきだった。

葵屋吉兵衛が雇った密偵を殺し、裏木戸越しに吉兵衛を襲ったという男は、剣ではなくて手槍を遣ったという。権次の殺し方は残忍非情で、吉兵衛を襲った手口には、かなり乱暴なところがある。

あるいは、それぞれ別の刺客ではないか、と思われるが、逆に、同一人物の仕業ではないという証拠もない。

しかし、兵馬が懸念しているように、幕閣から送り込まれた刺客だとしたら、吉兵衛の雇った密偵などを殺害するはずはあるまい。

そのとき、葵屋の店先に、目付きの悪い男が入ってきた。

「ごめんなすって」

懐に隠した十手をちらっと見せると、男はあたりに鋭い眼を飛ばしながら、葵屋の暖簾を広い額でぐいと押し分けた。

六

駒蔵はこれ見よがしに十手をちらつかせながら、手代の松吉が座っている帳場の横から土間を抜け、庭伝いに吉兵衛の臥せっている土蔵座敷まで入ってきた。御用の筋でもなければ、目明かし風情が商家の奥庭まで入り込むことはできない。

「先生も来ていなすったんですかい」

駒蔵は空とぼけた挨拶をすると、座敷の濡れ縁に、立て膝のまま上がり込んだ。

「落ち着かねえ格好で御免なせえよ」

岡っ引きの心得として、いつでも立ち上がれる体勢を崩さない。胡座(あぐら)を組んで尻を落としては、敵の不意打ちに備えられないし、とっさに賊を取り押さえることもできない。

「頼りになるのは、やっぱり先生のような、堅(か)てえお人だ」

なにを空々しいことを、と兵馬は舌打ちした。

脅迫めいたやり方で、葵屋に力を貸してやらねえか、と強談判(こわだんぱん)をしてきたのはこの男ではないか。おかげで兵馬は殺し屋に襲われて怪我までした。

「検分はもう済ませたのであろうな」

万事に抜かりのない駒蔵が、葵屋に乗り込んでくる前に、殺しのあった外まわりを調べないはずはない。

「殺しの痕跡、と思われるものは何もなかった」

駒蔵はにやにやと陰気に笑いながら、寝たきりで動けないでいる吉兵衛の顔を、意味ありげにちらちらと見た。

「さすがに葵屋さんのお手並み、じつにてえしたもんだ。後学のためにとっくり拝見させてもらいやしたぜ」

駒蔵は岡っ引きらしい皮肉を言った。

吉兵衛は無宿人たちに銭を与えて、昨夜のうちに裏木戸に飛び散った血痕をすべて洗い流させている。町方の手先になっている駒蔵からみれば、吉兵衛はいわば証拠隠滅をしているわけだ。

「ここで殺しがあったなどという噂が立てば、葵屋の看板に傷が付きます」

吉兵衛は傷口の激痛に顔を歪ませながらも、商売人らしい心意気をみせて強弁した。

「ご立派。ご立派。お江戸日本橋で表店を張るには、そうでなくっちゃならねえ」

駒蔵は皮肉とも取れる言い方をして、嘘か本気か吉兵衛の手際よさを誉めた。

「さて、殺された仏のことだが。どう始末なさる」

権次の死骸は血痕を洗い落とし、物置の奥に茣蓙を敷いて横たえてある。

「明日にでも葬儀を出してやるつもりです。よい使用人でした」

吉兵衛は、念仏でも唱えるかのように瞑目した。あるいは斬られた傷に激痛が走っただけなのかもしれないが、目尻には涙まで滲ませている。

「という具合に、すべてに片が付いてしまえば、あっしの出番はねえことになる」

駒蔵は薄ら笑いを浮かべながら、あいづちでも求めるかのように兵馬の顔を見返った。

「そのようなことはあるまい。花川戸の親分がわざわざ出向いて参ったのは、殺しの検分のためだけとは思われぬが」

兵馬はそっけない顔をしてそっぽを向いた。

「ちげえねえ」

葵屋吉兵衛が店舗を構える日本橋富沢町は、目明かし駒蔵の持ち場から大きくはずれている。大っぴらに十手をちらつかせて押し入ることのできるシマではない。

「なあに、例の番頭殺しの一件でね。こちらの旦那とは特別の、頼み頼まれる、という間柄になっておりますのさ」

駒蔵は薄ら笑いを浮かべたまま、ぐいと顎をしゃくって付け加えた。

「これからもあっしと先生は、いい相棒ということになりますぜ。そうぶんむくれた顔をしていねえで、仲良くやってゆこうじゃありませんか」

兵馬は呆れてものも言えなかったが、吉兵衛は何故かそのことには触れず、痛い、痛い、と泣き言をほざきながら、若い女中に傷口を洗わせている。

「槍や刀の斬り傷というものは、あまり傷口に触らない方が治りが早いぞ。止血したらあとは、乾くまで包帯で固めておくがよい」

兵馬は、吉兵衛付きの女中に注意を与えると、無言で駒蔵を促して薄暗い塗籠を出た。

「死骸の傷口を確かめてみたが、一突きで心の臓を貫いている。生きて動くものが相手では、よほどの腕利きでもそうはゆかぬものだ」

それを聞いた駒蔵は、にわかに緊張した顔付きになって、乾いた唇をぺろりとなめた。

「あっしも死骸を調べてみましたがね、恐ろしく腕の立つ殺し屋がいたものだ」

「じつは拙者もその殺し屋らしき男と刃を交え、駆け違えた瞬間に左上腕部を斬られた」

聞いたとたんに、駒蔵の顔が醜く歪んだ。

「先生が斬られたって？　まさか、嘘じゃあねえでしょうね」

兵馬は黙って片肌を脱いでみせた。左腕には大袈裟なほど包帯が巻かれ、動かないよう胴に固定されていた。駒蔵は急に怯えたような眼をして、兵馬の顔色を窺っている。

「拙者を襲った奴には、顔を見られたくない事情があるらしい。駆け違えたまま走り去ったので一太刀で済んだが、あのまま斬り合っていたら、拙者の命はなかったかもしれぬ」

包帯に血が滲んでいるのをその眼で見ても、駒蔵には兵馬が斬られたということが信じられないらしかった。

「もう何年も前になるが、先生が賭場の恨みから渡世人たちに襲われ、血達磨になってあっしのところへ担ぎ込まれたことがあった。あのときはびっくりはしたが、心配したわけじゃあねえ。傷だらけなのは背中の小袖坊を守っていたからで、先生は刀を抜いちゃあいなかった。小刀で刺されたといっても、ほとんどがかすり傷で、転んですりむいたくれえの怪我でしかなかった」

駒蔵はそのときの情景を思い出して、細い眼を大きく見開いた。

「先生が太刀を抜いて斬り合えば、どんな奴にだってやられるはずはねえ、とあっしはずっと信じていた。だから用心棒の手間賃も、ずいぶんはずんだつもりですぜ」

これじゃあ、まるっきり詐欺じゃあねえか、と非難しているように聞こえた。

「ならば拙者は手を引こう。あとは勝手にやれ」

冷たく言い捨てると、兵馬はそのまま裏木戸へ向かった。木戸口から外に出れば、そこから先は、元吉原遊廓があった高砂(たかさご)町に通じている。

「待って、待ってくだせえ」

駒蔵はめずらしく血相を変えて兵馬に追いすがった。

「すまねえ。心安だてに、つい言いすぎた。いや、あっしとしたことが、つい愚痴が出てしまった。いまさら勝手にやれと言われても、あっしだって、葵屋に買われるほど安い命じゃあねえつもりだ。先生と組めば仕事になるとは踏んだが、ひとりで危ねえ橋を渡るわけにはいかねえ」

身勝手な奴だ、と兵馬はだんだん腹が立ってきた。

「ならば、さっさと手を引いたらどうだ。この件は小遣い稼ぎにしては荷が重すぎるぞ」

「引きてえところだが、そうはいかねえ」

駒蔵は細い眼の底から、岡っ引きらしい凄みのある光を放った。

「花川戸の駒蔵は、いったん乗りかけた舟から、下りるわけにはいかねえのよ」

「だったらお前一人でやるんだな。岡っ引きの意地に付き合う義理など、おれにはない」

「これが岡っ引きの意地だって？　とんでもねえ」

駒蔵は憤然とした顔をして言った。

「あっしも花川戸の駒蔵と言われた男だ。駒蔵には駒蔵の意地ってもんがある。銭や金では安い命を売らねえが、あっしが駒蔵であるかぎり、途中から逃げ出すなんてことは、できねえんでござんすよ」

兵馬は駒蔵に背を向けて歩きながら、取りつく島もない無慈悲なことを言った。

「そうやって意気がっていろ。葬式には線香くらいあげてやるぞ」

葵屋の店舗は土蔵造りに板囲いをめぐらせ、盗賊の侵入に備えて鉄製の忍び返しまで取り付けてある。

吉兵衛が襲われたという裏木戸は、商家としては頑丈すぎる板囲いに、赤錆びた鉄の錠が取り付けてあった。

「これか」

兵馬は裏木戸に近づくと、ゆうべ吉兵衛が裏木戸越しに手槍で突き刺されたという板戸の破れ目を調べた。

「これを見るがよい」

兵馬は板戸の破れ目を指し示しながら、一緒に屈み込んだ駒蔵に言った。

「槍はすべて垂直に突き刺されたもので、槍穴には一寸の狂いもない。板戸は槍の穂先で鋭く抉られているが、力任せに突き破った割れ目はない。槍の使い手が冷静で、突きが鋭く、迷いがなかったからだ。もしこの板戸が通常の厚さだったら、吉兵衛の命はなかったかもしれぬ。厚い板戸にはばまれて槍の穂先が深く入らず、刺されても致命傷にはならなかった。お陰で吉兵衛は命拾いしたのだ。臆病であることも悪くはない」

兵馬は槍穴を調べながら、何か別なことを考えているようにみえた。

「どうしなすったんで？」

駒蔵は思い余って声をかけた。

「どうやら拙者も、おまえと同じことになりそうだな」

屈み込んだまま何を考えていたのか、兵馬はぞっとするような暗い声で応えた。

「えっ、何と言われたんで」

「引くに引けぬことになった、ということよ」

兵馬はようやく立ち上がると、自嘲するような口調で言った。

「お前だけに言っておくがな、これはただの殺し屋の仕業ではない」

兵馬が詳細に槍穴を調べていたのは、襲ってきた相手の力量を知るためだった。

「と、おっしゃいますと？」

場数を踏んでいるはずの駒蔵にも、兵馬が何を言いたいのか見当がつかなかった。

「御用の筋には、手出しのできない相手かもしれぬ、ということだ」

駒蔵が持っている十手を見ながら、兵馬は声を落として言った。駒蔵にはなおのこと、わけがわからない。

「何故そうなるんで？」

「これは幕閣から送り込まれた刺客かもしれぬのだ」

兵馬は駒蔵が思ってもいなかったことを口にした。

「そうなれば、町奉行所の手には負えまい。ましてその最末端の、岡っ引き風情が歯の立つような相手ではない」

「冗談じゃねえ。脅しっこなしですぜ」

駒蔵が思わず身震いすると、兵馬は冷え錆びた静かな口調で言った。

「おれたちはすでにこの件にかかわってしまったのだ。いまさら下りることはできない。たとえこちらが手を引いたつもりでも、向こうでは決してそうは取らないだろう。こうなれば真っ向から受けて立つほかはないのだ」

それが唯一の生きのびる手だてだ、と兵馬は念を押した。

七

兵馬までが疑心暗鬼に陥(おちい)ってしまったのかもしれない。

「わかっているのは、吉兵衛と拙者が命をねらわれているということだけだ。駒蔵はどうやら殺しと直接かかわりはなさそうだが、この一件に首を突っ込んだからには、いずれはねらわれるものと覚悟しておいた方がよい」

塗籠の蔵座敷に戻ると、兵馬は吉兵衛と駒蔵に向かって引導を渡した。

「滅相もねえ。とんだ飛ばっちりだぜ」

駒蔵は、ただでさえ短い猪首をひょいと縮めた。

「つまり、三人は一蓮托生(いちれんたくしょう)ということだ」

兵馬は皮肉を込めた口調で駒蔵に念を押した。

「姿なき敵に怯えているだけでは話にならぬ。殺し屋の襲撃にどう備えたらよいのか。いまからそれぞれ持ち場を固めておこう」

するとの駒蔵は、露骨に迷惑そうな顔をして、待ったをかけてきた。

「待った。わけのわからねえことで、巻き添えを食うのはお断りだぜ」

「ならば席を外してもらおう。そのかわり、これからお前さんがどうなろうと、一切拙者のかかわるところではない。しかしな、駒蔵、お前はすでに殺し屋から吉兵衛の同類とみられているのだ。敵はそれを見逃すほど甘くはないぞ」

兵馬が冷たく突き放すと、駒蔵はふて腐れたようにその場にでんと尻を据え、両足を前に投げ出した。こうなれば岡っ引きの心得も何もあったものではない。

「これからは、それぞれ持ち味を出し合って、身を守るほかはないのだ」

それにしても、暗い塗籠の中で額を寄せ合っている三人は、いかにも頼りないものでしかなかった。

兵馬は刺客と剣を交えて左上腕部を斬られ、自由に使えるのは片腕しかない。

吉兵衛は殺し屋に襲われ、文字通り満身創痍となって寝込んでいる。

駒蔵はまだ斬られてこそいないが、とんだ貧乏籤(くじ)を引いたとぼやくばかりで、すっかり腰が引けている。

「吉兵衛はけちけちせずに軍資金を出せ。それで葵屋の身代（しんだい）が守れるとしたら安いものだ。駒蔵は江戸中の博徒を使って、殺し屋の動きを監視させろ。あぶれ者どもに十手の威力をみせつけてやるいい機会だぞ」

兵馬は二人に向かって、さらに細かなことまでも指示した。

「それで、先生はどうなさるんで」

誰かが足りねえんじゃねえですかい、と駒蔵は不満そうに言った。

「拙者か。そのあいだ拙者はここで寝ていることにする」

兵馬は涼しげな顔をして、虫のいいことを言っている。

「そいつはねえぜ。おれたちに汗水を流させて、当のご本人は高鼾（たかいびき）かい」

駒蔵は猛然として兵馬に食ってかかった。

「いいえ。先生には……」

吉兵衛は大慌てで、包帯を巻いた右手をあげて、駒蔵を制した。

「先生には、是非とも此処（ここ）にいてもらわないと困ります」

興奮してまた傷口が裂けたのか、吉兵衛は苦しそうな声を絞り出した。

「そのためなら、いくらでもお金は出します。あたしが殺されては、元も子もなくなる。先生にはしっかりと、あたしを護（まも）ってもらわなければなりません」

これを聞いた駒蔵が、憤然として言った。

「ふたりとも虫がよすぎるぜ。なんの恨みを受ける覚えのねえあっしだけが、泥まみれになって汗を掻くのかい」

「その点では、みな同じことだ」

兵馬は冷たく突き放した。

「この一件を拙者のところへ持ち込んできたのは、ほかならぬ駒蔵ではないか。いつまでも往生際（おうじょうぎわ）が悪いぞ」

不平たらたらの駒蔵を一喝すると、兵馬はこの男は無視して話を進めた。

「金の使い道には二通りある。ひとつは、いつもの無宿人たちに銭をばらまいて、最近の殺しについて風聞を集めさせるのだ。たしか半年ほど前、房州の浜辺で吉兵衛に雇われていた密偵が殺された、と言っていたな。敵は房州からしだいに的を絞って、浦安、荒川へと江戸に近づき、大川端で番頭を殺してからは、とうとう葵屋までたどり着いた。敵の目論見（もくろみ）はまだわからぬが、殺しの標的が吉兵衛に定められていることは間違いない」

そしてこのおれまでも、恐ろしく腕の立つ刺客にねらわれている、と兵馬は思った。

理由（わけ）もわからないまま、眼に見えない敵から命をねらわれるのは気分のよいものではない。

「そんな風聞を集めて、どうなさるんで」

無宿人どもを使って、目明かしみてえな真似をさせたって、どうにもならねえぜ、と駒蔵はあざ笑った。

「目明かしや渡世人が見落とすような、どうでもよい風聞を拾ってくるのが無宿人というものだ。手掛かりはどこに転がっているかわからぬぞ。餅は餅屋と言うではないか」

「まったく、雲をつかむような話だぜ」

駒蔵は溜め息をついた。

「そうでもないぞ。吉兵衛の放った密偵を斬った殺し屋は、乱れた糸を手繰(たぐ)り寄せるようにして、半年かけて葵屋までたどり着いた。恐ろしいまでの執念だ。その奴の出処進退を確かめるためには、その逆に糸をたどってみる他はないのだ」

「そんな悠長なことをして、どうなるんです。姿なき殺し屋は、あたしが雇った密偵をひとりひとり殺しながら、まるで投網(とあみ)でも絞るようにして、この家を突き止め、殺人を予告し、それを実行に移しているのですよ」

吉兵衛は傷の痛みに、ひいひい言いながら、怒りと恐怖で震えていた。

「ならば聞くが、なぜ殺されなければならないのか、その理由をわかっているのか」

兵馬は吉兵衛に向かって、きわめて当たり前なことを問いかけた。

「わかりませんな。とんだ濡れ衣としか思われません」

吉兵衛は、小さな眼をぱちぱちさせて、くどくどと泣きごとを言った。

「わけもわからずに、殺されてもよいのか」

兵馬は、金しか信じていない吉兵衛を、哀れむかのように言葉を重ねた。

「いいはずはありませんよ。だから先生に護っていただかないと……」

言いながら見返した吉兵衛の眼に、兵馬の襟元から覗いている血の滲んだ包帯が見えた。吉兵衛の眼の底に、黒い影のような不安がよぎった。

兵馬はそれを見逃さなかった。

「ところが、どうやら拙者の腕も頼りにならない」

そう呟いて、兵馬は苦笑した。ゆうべ刺客に襲われて負傷したことで、用心棒としての信用は著しく低下しているらしい。

「そこで、これからどうするか、ということだが……」

どうにもやりづらいな、と兵馬は思った。吉兵衛と駒蔵は不審な顔をして、兵馬の言うことを猜疑の眼で見ている。失われた信頼を取り戻すのは容易ではない。

「駒蔵親分、黙ってばかりいないで、何か言ってやってくださいよ」

困惑した吉兵衛は、迂遠(うえん)なことを言っている兵馬に頼ることを諦め、ひとり五体満足な駒蔵に矛先(ほこさき)を向けた。

興奮すると傷口が痛むのか、吉兵衛は一言喋るたびに大袈裟な悲鳴をあげている。

「町方へ持ち込むには、はっきりしねえ話だぜ。それに今回の件は、どうやら町奉行所の出る幕はねえような気がする」

まったく厄介なことにかかわっちまったぜ、と駒蔵は鼻を鳴らした。

「敵を恐れているだけでは、難を避けることはできぬ」

兵馬は煮え切らない駒蔵の態度に痺れを切らして、いつになく強い口調で言った。

「これほど執拗(しつよう)な殺しには、なにか切実な理由があるはずだ。敵のねらいがわからないから、いたずらにうろたえ、見えもせぬ影に怯えて、恐慌をきたしているのだ」

兵馬の声が変わったのを恐れて、吉兵衛はぴたりと泣き言をやめ、駒蔵もふて腐れていた態度を改めて両膝をそろえた。兵馬を怒らせない方が得策だと思ったからだ。

「いま必要なのは攻めの姿勢だ」

兵馬は鋭い眼をして駒蔵を睨んだ。

「眼に見えぬ影に怯えて逃げ腰になるとは、いつも意気がっている駒蔵らしくないぞ。

お前さんが守りに入った姿ほど醜いものはない。なにが花川戸の駒蔵だ。笑わせやがる」

兵馬からずけずけと罵られて、駒蔵の顔が怒りのあまり充血した。兵馬はそれを見てにやりと笑うと、これまでの穏やかな口調に戻った。

「駒蔵は博徒仲間に顔が利くし、御用の十手もあぶれ者どもを脅すには役に立つ。お前さんの役目は守りではない。敵を攻め、敵を炙り出し、殺しの理由を突き止めることだ」

それには目明かしの駒蔵が動かなければどうにもならぬ、と兵馬は続けた。

「確かにその方が、あっしの性に合っている。とは言うものの、守りさえままならねえいまの窮状を、どうやって攻めの方向に持ってゆくのかね」

駒蔵の細い眼が、目明かし特有の鋭さを取り戻していた。

「殺しの現場を、もういちど洗い直してみることだな」

「するってえと？」

駒蔵はすぐに乗ってきた。

「お蔦のゆくえを捜していた吉兵衛の密偵は、この半年あまりのあいだに、それぞれ違った場所で殺されている。両国の橋桁、深川の木場、荒川の河原、浦安の葦原、房州の浜辺。殺しの現場を逆にたどってゆけば、敵の本拠にゆき着くことができるはずだ」

「あっしも、そのことは考えていましたぜ」

駒蔵はその気になってきたらしい。兵馬は念を押した。

「聞き込みのために使う銭なら、吉兵衛がいくらでも出してくれるそうだ。物惜しみせずに銭をばらまいて、少しでも早く殺し屋の正体を突き止めるのだ」

「そいつがわかれば、反撃に移れるってことかい」

駒蔵は水を得た魚のように、小鼻を膨らませて勢いづいている。

八

「さて、もう一方の金の使い方だが……」

兵馬は、傷の痛みに呻（うめ）いている吉兵衛へ眼を転じると、ひどく冷酷なことを言った。

「殺し屋のねらいは、吉兵衛に絞られている。襲撃はさらに執拗になるだろう」

ひぇー。吉兵衛はいまにも殺されそうな悲鳴をあげた。

「これ以上脅かさないでくださいよ。言われるたびに寿命が縮まります」

兵馬は吉兵衛の泣き言を無視して話を進めた。

「しかし、対策がないわけではない。殺し屋が襲ってくるのは、決まって薄暗い闇の中だ。よほど顔を見られたくない事情があるらしい。次に襲ってくるのも、たぶん夜に入ってからのことであろう。ゆうべは裏木戸のお陰で命拾いしたが、今度は必ず邸内まで侵入してくるに違いない。敷地内に入られてしまえば、このままでは防ぎようがない」

「どうしたらよろしいので？」

吉兵衛はすがるような眼をして兵馬を見た。

「葵屋の邸内を改造して城塞化するのだ。そのためには金を惜しむな」

吉兵衛は絶句した。

「そのような悠長なことを」

「緊急を迫られているからこそ、守りの工夫が必要なのだ。駒蔵が殺し屋の正体を突き止める前に吉兵衛が斬られては、攻めの態勢に移ることができなくなる。そのためには、なんとしても殺し屋の侵入を防がなくてはならないのだ」

吉兵衛は、まだ兵馬の言うことを、疑っているようだった。

「普請には人手が要ります。人足の中に殺し屋がまぎれ込んだらどうしますか」

心配するな、と兵馬は自信ありげに言った。

「なにも大袈裟に考えることはない。邸内の随所に、ちょっとした仕掛けを施すだけだ。手慣れた職人が数人もいれば間に合うだろう。出入りの大工以外を雇うことはない。縄張りは拙者が受け持つ」

すぐに手代の松吉が呼ばれた。とりあえず駒蔵に軍資金として五十両、必要に応じて幾らでも届けることを約束した。

帳場をあずかる松吉は、急な出費に青くなったが、主人吉兵衛の命には代えられない。すぐに一包み二十五両の切り餅を二つ用意して駒蔵に渡した。

「それから、いますぐ大工の三右衛門さんを、ここに呼んでおくれ」

吉兵衛は床の中に臥せったまま命じた。

「棟梁をお呼びして、何をなさるんで?」

松吉は不審そうな顔をして、吉兵衛に問い返した。

「ちょっとした普請をするのです。縄張りは鵜飼さまにお願いしてある」

「でも、いまから棟梁を呼んだのでは、作業は夜になってしまいます」

吉兵衛はとうとう癇癪を起こした。

「夜になるまでに済ませたいのだよ。つべこべ言わずに、大至急お呼びしなさい。他の仕事と重なっていても、途中でほっぽり出してすぐに来てもらうのだよ。手間賃はいつもの倍はずむから、と言っておやり」

帳場をあずかっている松吉には、吉兵衛が殺人の予告に怯えていることはわかっている。主人が殺されて葵屋が潰れたら、松吉をはじめ、数十人の雇い人たちは職場を失う。

「お家大事、ということさ」

駒蔵に言われるまでもなく、松吉は大至急、大工の三右衛門を呼びにいった。

「それでは、あっしはこれで。暗くならねえうちに、さっそく調べに入ります。殺し屋は夜になるとあらわれるらしいから、明るいうちが仕事どきさ」

駒蔵が去るのと入れ替わりに、数人の徒弟を引き連れた大工の三右衛門がやってきた。

「急なお呼びだと聞いて、取るものも取り敢えずやって参りました。なんの御用で？」

いかにも律義そうな職人で、雇い主への義理堅さを一枚看板にしている男だった。

「すまないねえ。これから突貫で普請をしてもらいたいのだよ。暗くなるまでに、大急ぎでやってもらえるかね」

徒弟のひとりが、後ろから三右衛門の袖を引いた。

「親方、まだ今日の頼まれ仕事が終わっていませんよ」

「うるせえな。こちらの旦那さまには、日頃からお世話になっていることを忘れちゃならねえよ。それほど気になるなら、お前は現場に戻っておくれ」

徒弟の一人を建造途中の現場に返したが、残る人数でも不足はなかった。兵馬は陣頭に立って大工たちを指揮した。棟梁の三右衛門は、唯々として兵馬の指示に従っている。

「裏木戸を破られたら、土蔵座敷まで一直線だ。板塀の内側に柵をめぐらせて、侵入してきた夜盗を、檻の中へ閉じ込めるような工夫をするのだ」

丸太の棒杭が運び込まれ、邸内に迷路のように柵がめぐらされた。

「柵の前には空堀を穿って、その後ろに逆茂木を立ててくれ。空堀は蛸壺のように底を広くして口を狭くし、落ちたら簡単に這いあがれないようにするのだ」

大工仕事というより、むしろ土木工事に近かったが、棟梁の三右衛門は苦情ひとつ言わず、兵馬の指示通りに徒弟たちを動かしている。

「ずいぶん無粋な庭になりましたな」

およその造作が済んだところで、あちこちに柵が組まれ、まるで牢獄か作業場のようになった邸内を見て、吉兵衛はげんなりしたように呟いた。

「生きるか死ぬかの瀬戸際なのだ。粋だの風流だのは、我慢してもらわなければ困る」

兵馬は無愛想に言い捨てた。

「そんなつもりで申したのでは、ございません」

吉兵衛は大慌てで打ち消したが、商家の邸内が殺風景で異様なものに変わってしまったことだけは確かだった。

暮れ六つの鐘が鳴った。

「逢魔(おうま)の時(とき)か」

兵馬は呟いた。

「いやな響きでございますな」

吉兵衛は身震いしながら言った。闇が迫るとともに、いつ殺し屋が襲ってくるかわからない。ゆうべの恐怖がよみがえったのだ。

水妖〈II〉

夕暮れになると、湖沼(こしょう)は燃え立つように赤く染まった。

湖上を覆っているさざ波が、夕陽を映して小刻みに揺れるので、あたかも水面(みなも)を赤い炎が走るかのように見えるのだった。

はるか対岸はすでに暗く沈んで、湖沼を縁取っている樹々の緑は、淡い墨色へと変わりつつあった。

幾重にも入り組んだ湖沼は、掘割のような水路によって複雑に繋(つな)がれていた。

この美しい湖沼地帯は、複雑な水路の中に迷い込んでしまえば、二度と脱け出すことができない恐ろしいところでもあった。

「姫様、風が冷たくなりました。そろそろお屋形へお戻りなさいませ」

家宰の沼里九右衛門が、遠慮がちに声をかけた。

「もう少し見ていたいのです」

津多姫は静かな口調で言った。

「この沼ですごされた日々のことを、思い出されたのでございますか」

九右衛門は嬉しそうに老いた顔をほころばせた。だいぶ白髪は増えたが、慈父のような九右衛門のおだやかさは、津多姫がこの地を離れた頃と、ほとんど変わっていなかった。

「この沼のことも覚えているし、昨日行った入江にも覚えがあります」

津多姫の記憶がよみがえりつつあるということは、実直な九右衛門を喜ばせた。

「ほんとうは、忘れていたわけではないのです」

姫はわずかにほほ笑みを浮かべた。

「久しぶりで見た爺の顔だって、一目でわかったではありませんか。皆はわたくしが記憶を失っていたと思っているようですが……」

すべてを封印していたのだ、と津多姫は思った。そうしなければ、この地を離れることはできなかった。

「あのようなことがあれば、何もかも忘れてしまいたいとお思いになられるのは無理もございません」

九右衛門は痛ましそうな眼を津多姫に向けた。

「それよりも、鬼三郎はまだ帰らないのですか」

津多姫は九右衛門が言う忌まわしい過去を振り切るかのように、急になつかしそうな微笑を浮かべて、幼少期をこの湖沼で過ごした幼なじみの名を口にした。

「あの男のことを覚えておられますか。津賀鬼三郎はいま用命を帯びて、江戸屋敷に出向いております」

隠しごとのへたな九右衛門は曖昧に笑った。

「爺もすぐに江戸屋敷へ帰ってしまうのであろう」

姫は暮れてゆく湖沼に眼を向けた。ほんの数瞬のあいだに、水面は墨を流したように黒ずんで、湖上に燃え立つ炎は、もう見ることができなかった。

湖沼には闇が迫っていた。逢魔の時が始まる。そう思ったとき、かすかな風の音に交じって、逢魔の時には、沼に近づいてはいけません、という若い女の声が聞こえてきたような気がした。

津多姫にぼんやりとした幼い頃の記憶がよみがえってきた。その声はほとんど顔も覚えていない母のものに違いなかった。

「爺が江戸へ行ってしまえば、わたくしにはまたいつものような寂しさが戻ってくるのですね」

　そのような暮らしには慣れていたし、平穏な日々が過ぎてゆくことに不満はなかった。

「もうしばらくでございます」

　沼里九右衛門はゆっくりとした口調で言った。

「姫様を江戸屋敷にお迎えするために、爺は江戸に参るのでございます」

「江戸はもう嫌い」

　姫は独(ひと)り言(ごと)のように呟(つぶや)いた。

「いいえ、姫様には、ぜひ江戸へ出ていただかなくてはなりません。爺や津賀鬼三郎は、そのために奔走しているのでございます」

「江戸へ出れば、兄上にお目にかからなければならないのですか」

　津多姫は不安そうに眉をひそめた。

「いいえ殿様には……」

　九右衛門は言いよどんだ。

「もはやお目にかかることはできないかと思われます」

姫は思わずほっとした顔になった。江戸屋敷にいる兄という男に対しては、恐ろしい思いしか抱いたことがなかった。

「それほどにお悪いのですか」

兄妹といってもほとんど一緒にすごしたことはない。その男のために母は若い身を沼に沈め、津多姫もこの地を離れなければならなかった。

「もはや余命いくばくもない、と申した方がよろしゅうございましょう」

半年ほど前、津多姫はその男が恐ろしい病に冒されていることを、江戸屋敷に詰めている沼里九右衛門から聞いた。

この湖沼地に生まれ育った津賀鬼三郎が、しばしば江戸に出るようになったのはそれからのことだ。

「これからは姫様に、日の当たる場所へ出ていただかなくてはなりません。ほんとうに長い忍従の日々でございましたな」

九右衛門の眼尻には涙が滲んでいた。

「いいえ、わたくしはこのままでよいのです。江戸へなどゆきたくもなければ、日の目を見ずともよいのです。いっそこのまま沼の底に沈んでしまいたいと思っておりました」

「何をおっしゃられるのです」

九右衛門は驚いて津多姫の顔を仰ぎ見た。闇はすでに顔が見えなくなるほど濃くなって、老いた九右衛門には、死をほのめかした姫の思いを、読み取ることができなかった。

陥穽（かんせい）

一

木柵と空堀を縦横にめぐらせた葵屋の邸内は、あたかも裏返しにされた城塞のような、珍奇な備えになっていた。

「なんとか、間に合ったな」

兵馬がほっと一息ついた頃は、すでに夕闇があたりを覆っていた。

「今夜は安心して眠れるであろう」

兵馬は、この数日ですっかり憔悴してしまった吉兵衛を慰めた。

「そうあって欲しいものです」

吉兵衛は青ざめた顔に追従（ついしょう）笑いを浮かべた。ここで兵馬の機嫌を損ねるわけにはいかない。たとえ気休めにしても、牢獄の格子にも似た木柵の防御を信じるほかはないのだ。

兵馬は職人たちを帰すと、もういちど邸内を歩きまわって木柵の効果を確かめた。さすがに葵屋に出入りする棟梁の仕事だけあって、木柵の堅牢な木組みは、この上もなく頑丈にできている。

これでは牢獄というよりも、まるで巨大な檻のようにみえる。兵馬は苦笑した。檻の中に捕らわれているのは、姿なき殺し屋ではなく、皮肉なことにその殺し屋から命をねらわれている葵屋吉兵衛なのだ。

もちろんこの檻は、吉兵衛を捕らえるために造られたものではない。邸内に珍妙な木柵を構えたのは、姿なき侵入者に備えるためで、ひとたび忍び込めば容易に逃げ出すことができないような陥穽が、あちこちに仕掛けられている。

たとえ板塀を乗り越えて邸内に侵入したとしても、数歩もゆかないうちに木柵にはばまれ、それより先に進むことができなくなる。

侵入者が首尾よく忍びこんだと思った途端に、檻の中に閉じ込められてしまう仕組みになっているのだ。

へたに足掻いて空堀に落ちれば、ぼろぼろと崩れ落ちる土の壁は、巨大な蛸壺のような仕組みになっていて、そこから這いあがることは容易ではない。

迷路のように造られた木柵の構造は、夜になればますますその真価を発揮するはずだった。闇の中で木柵の檻に迷い込んでしまえば、二度と抜け出すことはできなくなる。

「店の者たちには、決して庭内へ立ち入らないように言っておくことだ。へたに迷い込んだら、怪我だけでは済まなくなるぞ」

「このような恐ろし気なところに、好んで近づく者などおりませんよ」

木柵をめぐらせた迷路の中心には、吉兵衛が隠れ住んでいる土蔵造りの塗籠があり、二重三重に巨大な檻が構えられている。

この木柵がもつ唯一の弱点は、と兵馬は声には出さず思った。迷路に迷い込んだ殺し屋が抜け出せないだけではなく、吉兵衛にも逃げ口がないということだ。

しかし吉兵衛が容易に出入りできる抜け道を造ってしまえば、そこが防御の弱点となる。殺し屋も吉兵衛も、ともに巨大な檻の中に閉じ込めてしまうほかはないのだ。

「鵜飼さま、本所入江町からお使いです」

葵屋の帳場を閉めた松吉が、木柵をめぐらせた薄暗闇の向こうから兵馬を呼んでいる。

「待たせておけ」

空堀や逆茂木の具合を調べながら、兵馬はしばらくのあいだ空返事をしていた。

「姐御(あねご)がお待ちかねです」

兵馬が大戸を下ろした葵屋の店前に出ると、全身汗だくになった始末屋の若い衆が、荒い息を吐きながら待ち受けていた。

「今夜は帰らぬ、と伝えてくれ」

若い衆は困惑した顔になった。

「そうはゆきません。首に縄を付けてでも連れて帰ると、姐御に約束してきましたから」

嘘だろう、と兵馬はすぐに見抜いた。兵馬を連れて帰らなければ、男の一分(いちぶん)が立たないと、勝手に思い込んでいるだけだ。

「事情が変わったのだ。そう言えばお艶姐御なら、すぐにわかってくれるはずだ」

用件はそれだけか、と言い捨てると、兵馬は大戸の脇にある潜り戸を入ろうとした。

「待ってください。ガキの使いじゃありませんぜ」

若い衆は血相を変えて引き留めた。

「聞き分けのない男だな。今夜は駄目だと言っておる」

兵馬は煩(うるさ)そうに言った。

「こんなこと、言いたくはありませんがね、旦那」

若い衆は意を決したように開き直った。

「旦那は、姐御に甘え過ぎていますぜ。すこしは姐御の立場ってものを、考えてやってくださいよ。始末屋っていう仕事は、毎日が命懸けだ。緊張と弛緩(しかん)の連続で、身も心もくたくたになる。姐御はそういう世界で、命を張って生きているんです。はっきり言えば、旦那のお相手は姐御にとって唯一の息抜きなんでござんす。姐御によけいな心配はさせないでおくんなさい」

この男、お艶に惚れているな、と兵馬は苦笑した。報(むく)われぬことを知りながら、いちずに惚れているのだ。

「わかった、わかった。しかし葵屋ではな、ゆうべ主人の吉兵衛が賊に襲われ、店の者が皆ぴりぴりしているのだ。おれが本所入江町へ帰るなどと言い出したら、間違いなく大騒ぎになるだろう。その辺の事情を、お艶によっく話してやってくれないか」

言い捨てると、兵馬は若い衆の返事も待たず、狭い潜り戸から葵屋の帳場に戻った。

「思わぬ出費ですが、なんとか算盤(そろばん)に合いそうです」

松吉は薄暗い行灯の明かりの下で、帳簿付けに専念していた。松吉が算盤玉を弾くぱちぱちという音が、板戸を締め切った帳場に反響している。

兵馬は行灯の傍らに寄ると、帳場の板の間に腰を下ろした。

「えらく商売熱心なことだな」

算盤勘定をしている商売人をみていると、兵馬はどうしても皮肉が出てしまう。

松吉はむっとした口調になった。

「主人は奥の塗籠座敷に引きこもり、番頭さんは殺されてしまう。お店のすべてを任された半人前のあたしは、徹夜をしても間に合いません」

兵馬はうんざりした顔をして席を立った。

「今夜あたりが山場だ。だれが訪ねて来ても、夜間は決して戸口を開けてはならぬぞ」

言い捨てて奥へ入ろうとした。すこし眠っておこうと思ったのだ。

「江戸の風聞を調べにいった無宿人たちが、何か緊急の知らせを持って来たときはどうします？」

松吉は算盤の手を休めて、兵馬の背に呼びかけた。兵馬が邸内の造作を指揮しているあいだに、無宿人たちに銭を与えて手配したのだろう。兵馬は松吉の機転に感心した。

吉兵衛が倒れてからは、手代の松吉が無宿人たちを指図するようになったのか。殺された番頭よりは役に立ちそうだ。

「そのときは、すぐに拙者へ知らせるがよい。寝ていたら遠慮なく起こせ」

江戸の風聞は、迅速さが勝負だ、と兵馬は思っている。

「ゆうべの例もある。無宿人の背後から、殺し屋が忍び寄って来ないともかぎらない。よくある侵入者の手口だ。危ないから決して表には出るな」

兵馬に反発を感じていた手代の松吉も、だんだん好意を抱くようになってきたらしい。

「今夜は徹夜仕事になりそうです。あたしも帳場で寝ずの番をいたしますよ」

頼まれもしないのに協力を申し出た。

「そう張り切らなくともよい。殺し屋があらわれるのは、どうせ夜が更けてからだろう」

「それまで、鵜飼さまはどうなさいます」

「まだ宵の口だ。いまのうちに休養をとっておく」

兵馬は奥の離れに戻って、一刻ばかりを眠った。さすがに疲れていたのか、いつもより眠りは深かった。

短い眠りの中で、兵馬はこま切れになった夢を見た。久しく見ることがなかったお蔦の夢だった。

なぜこの女が夢にあらわれるのか、夢の中でも不思議に思いながら、透明な水の中に長い裳裾を引いて、ゆっくりと歩いてゆくお蔦の姿を夢に見ていた。

ゆるやかにたゆたっている水の彼方から、歌うようなお蔦の声が聞こえてきた。

「あたしは水のあるところから来たの。そして水のあるところへ帰ってゆくわ。樹が茂って、泉が湧いて、そこには何処までもつづいている青い空があって……」

お蔦は水のあるところへ帰っていったのか、と兵馬は思った。

そうか、お蔦はやっと帰ることができたのだな。

よかったなあ、お蔦。ほっとした途端に、兵馬は淡い夢から覚めた。

「鵜飼さま」

手代の松吉が、遠慮がちに兵馬を揺り起こしていた。

「本所入江町からの、お使いでございます」

なに、と問い返したとき、兵馬はまだ半分眠りの中にいた。

「あの若い衆は、まだ帰らなかったのか」

気の利かない唐変木め。お艶に惚れているらしい若い衆の顔を思い出して、兵馬はよけいに腹を立てた。

「いいえ。訪ねておいでなのは、男ではなく、女の方でございます」

お艶に違いない、と咄嗟に兵馬は思った。お艶が何故ここを訪ねてきたのか。あの女のさっぱりした気性では考えられないことだ。

兵馬は完全に眼を覚ました。入江町でなにか起こったのではないか、となぜか胸騒ぎがした。

「すぐにゆこう」

兵馬は掛け蒲団をはねのけると、両腕に抱いて寝ていたそぼろ助廣を杖にして起きあがった。夜はすでに更けて、葵屋の奉公人たちはみな寝静まっていた。仮眠を取るつもりが、一刻半ほどぐっすりと眠ってしまったらしい。

兵馬は潜り戸を細目に開けて、屋敷の外を覗き見た。一寸先には、墨汁を流したような濃い闇が広がっている。刺客の襲撃はなさそうだった。

潜り戸の外に踏み出すと、兵馬はじっと眼を凝らして、闇の底にただよっている黒い影を確かめた。

星明かりをわずかに浴びている暗い路地に、いつになく青ざめた顔をしたお艶の姿が、ぼんやりと浮かびあがった。

二

「お艶、どうしたのだ」

兵馬は思わず声に出して呼びかけた。お艶が深夜にただひとり、兵馬の後を追ってくるなど普通ではない。

呼ばれたお艶は、まるで夢遊病者のような足取りで小走りに駆け寄ると、兵馬が広げた腕の中へ声もなく倒れ込んだ。

「しっかりしろ」

兵馬が抱き起こすと、お艶はわずかに唇を開いて、よく聞き取れない声で、何かを訴えようとしているようだった。

「なにを言っているのだ」

お艶の口元に耳を寄せると、熱い吐息が兵馬の頬をくすぐった。

「ごめんなさい」

お艶は先ほどから、同じ言葉を繰り返していたらしかった。声というよりも震える吐息となって、兵馬の耳元で熱く騒いだ。

「なんのことだ」

兵馬はお艶を抱いていた腕の力をゆるめた。お艶は立ち直ろうとして軽くもがいた。

「あたしの留守のあいだに、小袖ちゃんが……」

息を乱していたお艶の声が、すこし聞き取れるようになった。本所入江町から駆け通しに駆けてきて、乱れていたお艶の呼吸が、ようやく整ってきたらしかった。

「小袖ちゃんが、さらわれてしまったんです」

お艶はすすり泣くような声で言った。

「なに、小袖が……?」

兵馬は絶句した。いきなり横面を張り飛ばされたような衝撃を受けたのだ。殺し屋の襲撃に、小袖の誘拐がからんでこようとは思わなかった。

昨夜、すれ違いざまに兵馬を襲った鋭い太刀筋。

密偵の権次を一突きで殺し、裏木戸越しに槍を突き立てて葵屋吉兵衛を刺した殺し屋の手口。

そして今夜は、兵馬とお艶の留守をねらって、小袖が誘拐された。

これは一連の犯行なのか、それともまったく違った事件が、たまたま重なっただけにすぎないのか。

「あたしはいつものように、入江町の岡場所を見廻っていたのです。そのあいだに、小袖ちゃんが……。あたしが迂闊でした」

お艶はそのことでひどく自分を責めていた。

「小袖がひとりなら……」

よくあることだ、と兵馬はあえて言った。気まぐれな小袖が、何かを思いついて、どこかへ行ってしまっただけのことかもしれない。それを誘拐というのは大袈裟すぎる。

「それならあたしだって、これほど騒ぎはしません。小袖ちゃんには、気の利いた若い衆を付けておいたんです」

いつもはそこまでしていない。お艶はなぜか、今夜にかぎって気になったのだという。

「その若い衆はどうしたのだ」

「夜になってから、木戸口を叩く者がいたのだそうです。急の客人かな、と思って応対に出たところを、品のよい初老のお武家から、いきなり鳩尾を一撃されて、あたしが帰ってくるまで失神していたというのです」

初老の武家？　と兵馬は首をひねった。兵馬を襲ったのは若い男だった。刺客は一人だけではないのか。

「やっと息を吹き返した若い衆の話ですと、小袖ちゃんをさらって行ったのは、三丁の女駕籠を連ねて、その周り(まわ)を十人以上の供侍が護っている、立派なお武家の行列だったというんですよ」

「何だって……？」

兵馬はふたたび絶句した。それでは幕閣がじかに動いたのか、と咄嗟(とっさ)に思ったが、そのようなことは普通なら考えられない。

「おれはとんでもない勘違いをしていたのかもしれぬ」

ねらわれていたのは、葵屋吉兵衛ではなく、ほかならぬ兵馬だったのだ。それにしても、手の込んだことをする、と兵馬は臍(ほぞ)を噛むような思いに苦しめられた。

葵屋吉兵衛は、ただの囮(おとり)だったのだ。そして囮に釣られて兵馬が本所入江町を留守にした隙を突いて、まんまと小袖をさらった。小袖を第二の囮に仕立てるつもりなのだ。

しかも、敵はひとりではない、と兵馬は思った。そうなれば、これまでの推測は、すべて狂ってしまう。

「いま、入江町の若い衆を手分けして、小袖ちゃんのゆくえを追っています。亥ノ堀川の夜鷹たちにも、捜索に加わってもらっています。旦那も、すぐに帰ってください」

お艶にはめずらしく、哀願するように言った。

「とんでもないことに巻き込んでしまった。すまぬ」

兵馬は思わずお艶の手を握り締めた。荒くれ男たちと渡り合っている女侠客の手にしては、すんなりと伸びた白い指が、痛々しいほどに細かった。

「お艶が苦しむことはない。おれの見通しが甘かったのだ」

兵馬は葵屋の潜り戸を開けると、暗闇の中に首を突っ込むようにして、松吉の姿をさがした。薄暗い行灯は、まだ帳場を照らしていた。

「松吉。起きているのか」

「もちろんおりますとも。今夜は寝ずの番だと、言ったではありませんか」

松吉は行灯を提げて、潜り戸まで出てきた。

「今夜、殺し屋は来ない」

兵馬は思い切って断定を下した。

「そう言っていたと、吉兵衛に伝えてくれ」

「何故ですか」

「かわりに本所入江町が襲われた。ねらわれていたのは葵屋ではなかった。葵屋を襲うとみせかけて、まんまと虚を突かれたのだ」

兵馬は、慌ただしい口調で言った。

「江戸市中に放った無宿人たちから、少しでも気になる風聞が届いたら、すぐに入江町の方へ伝えてくれ。たとえわたしがいなくとも、このお艶姐さんにすべてを任せてある」

松吉は無言で頷いている。よけいなことは言わない男だが、手短に語る兵馬の話を、すばやく呑み込んだようだった。

「あたしは帳場で、寝ずの番をしていますから」

松吉は兵馬の眼を、まじろぎもせずに真っすぐ見返した。

「いつでも連絡を、お待ちしております。どうか心置きなく」

「では、葵屋のことはそなたに任せる。吉兵衛に伝えるのは明日になってからでもよい」

戸締まりは厳重にな、と言って、兵馬は潜り戸を閉めた。たとえ殺し屋が襲ってきたとしても、邸内に仕掛けた木柵があれば大丈夫だろう。

お艶は辻駕籠を呼んでいた。怪我をしている兵馬を気遣ったのだ。

「わたしは大丈夫だ。お艶こそ疲れておろう。乗った方がよい」

もし夜道で刺客に襲われるようなことがあれば、駕籠に乗っていては不意の凶刃を避けようがない。夜道を歩いていれば足場を選ぶことができる。

兵馬は深く息を吸い込んで、闇の向こうを透かし見た。すこし疑心暗鬼に陥っているぞ、しっかりしろ鵜飼兵馬、と兵馬はみずからを叱咤した。

「旦那を歩かして、あたしばかりが駕籠に乗るわけにはいきませんよ」

お艶は駕籠屋に、すまないねえ、と言うと、いつもより多めに駄賃をはずんで、さっさと空駕籠を返してしまった。

「ばかな女だな」

「旦那と一緒よ」

ふたりは憎まれ口を叩き合いながら、星明かりもまばらな闇空の下を、小走りになって本所入江町へ向かった。

三

両国橋を渡って、本所の竪川河岸に出ると、血色のよくない細首を白く塗り立て、巻いた茣蓙を抱えた夜鷹たちが、白手拭の端を口に咥えて、星明かりの下に立っていた。

竪川河岸を稼ぎ場にしている夜鷹たちは、始末屋お艶に縄張りを守ってもらう代償として、見廻りにきたお艶に、その日の見聞を伝える習わしになっていた。

入江町から小袖がさらわれたことは、すでに夜鷹たちに知れわたっていて、その夜の話題は小袖をつれ去った女駕籠に集中した。

「あれは、お大名の駕籠ではなかったかしらね。深夜に立派な駕籠が、西へ向かうのを見かけましたよ」

しかし、そのことを伝えた夜鷹は、あっちですよ、と言って東の方角を指さしていた。

「お供の人たちは、旅支度をしていたようでしたね。みなさんお揃いの編笠をつけていたので、顔を見ることはできなかったんですけど」

小袖がさらわれたのは深夜に近い。編笠などつけていなくとも、星明かりの下で顔が見分けられるはずはない。

「駕籠は一丁だけでしたよ。たしか女駕籠だったと思います。ああいった駕籠には、大名のお姫様が乗るんじゃないでしょうかね」

小袖がお姫様のはずはない。駕籠は駕籠でも違う駕籠を見ていたのかもしれない。

「あれが人さらいの駕籠だなんて、あたしゃ思いもしませんでした。お供をしていた上品なお年寄りが、ときどき駕籠の中を覗きながら、大切そうに中の人をいたわって、まるで高貴な方にお仕えしてるみたいでしたよ」

たぶん違う駕籠だろう。そのような慇懃(いんぎん)さは人さらいのものではない。

「その駕籠の供侍たちは、ひょっとしたら江戸者ではないかもしれません。どこがどうと、はっきりしたことは言えませんが」

しかしその一行は常に無言のままで、夜鷹も彼らの声を聞いたわけではないという。言葉の訛(なま)りもわからないのに、どうして江戸者ではないと言い切ることができるのか。

「ありがとうよ。よいことを教えてくれたね」

お艶は夜鷹のひとりひとりに、丁寧なお礼を言っている。淫売の仕事を途中で切り上げて、わざわざ駆けつけてきた夜鷹もいたからだ。

「うちの若い衆にも手を尽くしてもらいましたが、深夜の女駕籠を見たという人はいないんです。こんなときには、夜鷹に聞いてみるのが一番たしかなんですよ」

お艶が言うように、夜の河原で客を取る商売の夜鷹なら、深夜の凶行を目撃することもあり得るだろう。

「しかし、女たちは、それぞれが別の駕籠を見たのかもしれぬ」

兵馬は不審そうに呟いた。夜鷹たちの話はどれもこれもばらばらで、その証言はひとつに結ばれることがない。

「でも、今夜にかぎって、何丁もの女駕籠が、ほとんど同時刻に、竪川の河岸を走っていたなんてことが、ふつうなら考えられますか」

どの話もすべて出鱈目(でたらめ)、ということも考えられる、と思ったが黙っていた。夜鷹たちがお艶を欺くことはあり得ないだろう。この竪川河岸でお艶の保護を失えば、明日から商売ができなくなる。

「待ってください」

お艶は竪川の河岸に立ち止まった。川面には闇よりもなお黒い水が、ほのかな星明かりを映している。ひとりの夜鷹がゆっくりと近づいてきた。

「おかしなことがあるんですよ」

女はお艶のところまでくると、乱れた髪を掻き上げながら言った。

「お艶姐さんは、女駕籠のことを尋ねておいででしたね」

夜鷹たちのあいだに、小袖がさらわれた今夜の事件は、風よりもはやく知れわたっているらしい。

「あんたも女駕籠の一行を見たのかい」

お艶が勢い込んで聞いた。

「それがね、あの中の一人は、ゆうべあたしを買った、お客さんじゃないかと思うんですよ」

女は何かを思い出そうとして、しきりに首をひねっている。

「その男の顔を見たのか」

兵馬は思わず口を挟んだ。ひょっとしたら、手掛かりがつかめるかもしれない。

「………」

女は鈍重な動きで兵馬を見返ると、ふふん、と鼻を鳴らした。

「星明かりしかない暗い晩に、相手の顔なんて見えるわけないじゃありませんか。ただ、あの肩の張りや腰の動きは、ゆうべあたしを抱いた男のものじゃないかと思うんです。これは大勢の男たちの身体を知っている夜鷹の直感ですけどね」

お艶はすかさず聞いた。

「さっき、おかしなこと、って言ってたわね。それは何？」

女は愚鈍な眼をむけると、ぼんやりとした表情をしてお艶の顔を見つめた。

「あのお客さん、ずうっと前から知っているような気がするんですよ。あたしがまだ夜鷹なんか始めないずうっと昔から。だからその頃は身体で知っていたわけじゃないんです」

星明かりを透かしてよく見ると、厚く白粉を塗った女の白首には、亀裂のような皺が刻まれていた。夜目にはわからないが、この夜鷹はかなり年配の女なのかもしれない。

「昔とはいつのことだ」

兵馬はまた途中から口を挟んだ。

「知らないよ。みんな忘れてしまったからね。昔のことなどいちいち覚えていたら、夜鷹なんてやってられないよ」

「あんたは、どこの生まれだったっけ？」

この女は兵馬の言うことが、いちいち癇にさわるらしい。

お艶が救いの手を延べた。

「あたしは水のあるところから流れてきたのさ。水商売にはお誂えだね」

女は自嘲するように言った。

「なんと申した？」

兵馬は驚いて、咄嗟に白手拭を被っている女の顔を覗き込んだ。お蔦と似ているところはいささかもなかった。しかし、かつてお蔦が耳元で囁いたおぼろげな言葉は、いまも兵馬の記憶に、はっきりと刻み込まれている。

「水のあるところ、と申したな。ゆうべ寝た男はそこから来たというのか」

「さあ、知らないね。さっきからずっと考えているんだけど、思い出すことができないんだよ。あたしゃ大勢の男たちに抱かれてきたからね、思い出すことなんて何もないのさ。さっさと忘れちまっておくれ」

　夜鷹は不意に腹を立てたように喚き散らすと、兵馬には一顧だにせず、それでもお艶に対しては丁寧なお辞儀をして、闇の渦巻く竪川の河岸へ去っていった。

「どうも怒らせてしまったようだな」

　兵馬は面目なさそうに苦笑した。

「夜の仕事をしている女たちは、気持ちの動きが微妙ですからね」

　お艶は軽くたしなめるように笑ってみせたが、わずかに眉をひそめて兵馬を見た。

「ひょっとしたら、大事な手掛かりだったのではありませんか」

「わからない。あの女の名は何という？」

「お君、といいますけど、本名かどうかはわかりませんよ」

「夜鷹仲間に聞けば、お君の生まれ在所がわかるだろうか」

「それは無理ですね。竪川河岸で夜鷹をやっているのは、生まれも育ちも捨てた女たちですもの。お君さんが腹を立てたのは、忘れたいと思っていたあの人の過去に、旦那が無遠慮に触れようとしたからですよ」

お艶にそっとたしなめられて、兵馬はがっくりと肩を落とした。

「それはすまないことをしてしまった。小袖のゆくえが心配のあまり、せっかく消息を伝えてくれた女たちへの配慮が足りなかったようだ」

昨夜からの疲れが、どっと出てきたような気がした。

「そう悄気(しょげ)ることはありませんわ。あたしだって、小袖ちゃんがさらわれたことで頭がいっぱいですもの。あなたがそうなってしまうのを、誰も咎(とが)めることはできませんわ」

そうではない。眼に見えぬ敵に翻弄されて、浮足立っている自分に腹が立つのだ。お艶に慰められても、兵馬は内心の焦(あせ)りを追いやることができなかった。

事件は思いがけない方向に飛び火したが、そう思うのは、兵馬が敵の動きに気づかなかっただけなのかもしれない。

兵馬の身に降りかかった一連の事件は、はじめから巧妙に組み立てられた筋書き通りに、運ばれているのかもしれないではないか。

もっと早くから気づくべきだった、と兵馬は悔やんだ。すべての局面において、兵馬は敵に先手を取られてしまっている。

何故、兵馬がねらわれなければならないのか、その理由もわからなければ、いまだに敵が誰なのかも明らかではない。

小袖を誘拐した手口をみれば、敵は詰め将棋にでも興じるかのように、兵馬を追い詰めることを楽しんでいるのではないか。

「女たちの話では、いますぐ小袖に危害が及ぶことはなさそうだが……」

兵馬はそうあって欲しいと思っている。しかし……。

「敵の数も急に増えた。この事件の背後には何があるのか、益々わからなくなった」

四

入江町の若い衆は、何の手掛かりも得られないまま、三々五々帰ってきた。始末屋の庭先には、一晩中篝火が焚かれていたが、夜が白むにつれて火勢も衰えてゆく。

「姐御、すみません。むだ足を踏んじまって」

最後に帰ってきた若い衆は、面目なさそうに唇をぎゅっと嚙んだ。

「御苦労だったね。夜が明けないうちに、早く家へ帰ってお眠り」

篝火を囲んでいた若い衆を帰すと、寒々とした屋内に、兵馬とお艶は二人だけになった。小袖がいないことで、明け方近い夜の寒さがよけい身にしみる。

床を延べる前に、お艶は真剣な眼をして、兵馬と向かい合った。

「旦那が何をしている人だろうと、あたしはちっとも構わないんです。でも、小袖ちゃんを救い出すために必要なことでしたら、隠さずにおっしゃってくださいな。あたしも始末屋お艶と言われている女です。旦那から言うなと言われたら、たとえ殺されたって喋りゃしませんから」

兵馬は一介の浪人者にすぎないが、御庭番宰領という裏の顔を持っている。これは公儀隠密の末端を担う陰の仕事で、このことは、たとえ女房や子供にも口外してはならぬ、と固く言い含められている。

「言えばお艶に迷惑がかかる」

「もう迷惑していますよ」

切り返すように言うと、お艶は兵馬の顔を軽く睨んで、にっこりと微笑んだ。

「倉地さまとは、長いお付き合いだそうですね」

わかっているんですよ、と言って、お艶は御庭番の名を口にした。

「倉地どのが？　口を割ったのか」

兵馬は驚くというより拍子抜けして、お艶の顔をまじまじと見た。

「さては、色仕掛けで籠絡したな」

お艶は悪戯っぽく笑った。

「だって、そうしろとおっしゃったんじゃ、ありませんか」

兵馬はお艶の顔を見つめたまま、不意に黙り込んだ。

「うそですよ。冗談です」

お艶はあわてて打ち消した。兵馬の眼の底に不気味な光を感じたからだ。はじめて兵馬に逢った頃に見たことがある孤独な光だった。

「あたしが何も聞かないのに、あの方は威儀を正して、わしは倉地文左衛門兼光である、と御自分からお名乗りになったのです。公儀御庭番をつとめておられる方だそうですね。あたしが始末屋お艶ということも、前もって調べていたようです」

御庭番が姓名を名乗る、ということは普通はしない。たとえ大名諸公に問われても、名を告げずに押し通すことを許されている。

それを逆手にとって、倉地は巧みに人心収攬をすることがある。かつて兵馬もそれにやられた。

兵馬がふと危惧(きぐ)したのは、倉地がみせたというお艶への好意が、御庭番宰領にならぬかと兵馬に持ちかけた、十年前の遣り口(やりくち)と酷似しているからだ。

倉地はお艶を気に入って、宰領にするつもりなのではないだろうか。

「そのとき、倉地どのから、何か言われなかったか」

兵馬はおそるおそる確かめてみた。

「ええ、お誘いを受けました。御公儀のために働いてみる気はないかと」

お艶は屈託のない声で答えた。

「やはりそうか」

兵馬は愕然として、呟くような声で言った。

「そのような雲ゆきになることを、避けるべきだった」

「…………」

お艶は無言のまま微笑んだ。

「そなたもわたしと同じ陥穽(かんせい)に落ちたのかもしれぬ」

「あなたと一緒なら、望むところですわ」

お艶はいささかも動じなかった。

「ばかなことを申すな。御庭番が陰の幕臣なら、宰領はいわば陰の陰。将軍家の耳目となって巷間の風聞を探り、この世の闇に棲息している日陰者なのだ」

兵馬は苦々しい思いで、おのれの置かれた境遇を語った。

「御庭番宰領による探索は、調べた意図とはかかわりなく、あるいは政争の具として使われる。その結果として、わけもわからないまま、刺客を送り込まれることもある」

まったく迷惑極まりない、と兵馬は吐き捨てるように言った。

「御政道の裏方には、ずいぶんと生臭い駆け引きがあるらしい。その全容は知るべくもないが、断片の断片を調べるのも宰領の仕事だ」

兵馬は溜め息をついた。

「正直、わたしもうんざりしている。色恋の仲裁をしている始末屋お艶がするような仕事ではない」

兵馬の口吻(こうふん)に圧倒されたかのように、お艶は神妙な顔をして耳を傾けている。

「わたしが御庭番宰領として働いていることは、できたら伏せておきたかった」

兵馬は声を落として言った。

「小袖がさらわれたのも、御庭番宰領の仕事とかかわりのあることかもしれない」

お艶はそれまで息をひそめていたが、兵馬が話し終わるのを待って、一語一語を確かめ直すようにして言った。

「倉地さまからのお誘いですけど」

お艶は兵馬の顔を見ながら一呼吸おいた。

「あたしはその場で、はっきりとお断りしました。ですから、旦那が心配なさるようなことはありません」

それから、とお艶はさらに続けた。

「旦那のお仕事には、幕閣の争いが絡んでいると聞いて、やっと女駕籠の謎が解けました。小袖ちゃんをさらったのは、お大名の家来衆なのですね」

夜鷹たちが星明かりの下に見たという女駕籠は、幕閣がさしむけたものに違いない、とお艶は思っているようだった。

「それじゃ、もう小袖ちゃんは、あたしたちの手が届かないところに、拉致されてしまったのですね」

そう言ったお艶の頬が、消え残った篝火に照らされて、わずかに光った。

「悔しいじゃありませんか。天下の御政道をなさっているお方が、どんな理由かわかりませんが、なんのかかわりもない町の娘をさらって、裏の駆け引きに使おうなんて。それをあたしたちが、どうすることもできないなんて」

お艶の頬が濡れていた。

「そうと決まったわけではない。まだ小袖を助け出す手立てはある」

兵馬は沈鬱な顔をして言った。

「小袖をさらったのは、多分、わたしをおびき出すためだろう。近いうちに必ず連絡があるはずだ」

「待つしかないんですか。それしかできないんですか」

お艶は悔しそうに言った。

「泣くな、お艶。待つことに耐えれば、攻めに転じる機をつかむこともできる」

「いやですねえ、旦那。だれが泣くものですか。これはただの夜露ですよ」

お艶は指先で水晶玉のような涙を払って、無理に微笑んでみせた。

五

「わかりましたぜ」

岡っ引きの駒蔵が、勢いよく駆け込んできた。

「葵屋の密偵殺しを洗っているうちに、とんでもねえことがわかったというわけだ。

わっ、あぶねえな」

始末屋の裏庭にまわった駒蔵は、いきなり眼の前に白刃を突きつけられて腰を抜かした。

袴の股立ちを取った兵馬が、刃毀れしたそぼろ助廣の剣を抜いて、斜め八双に構えている。近づけば一太刀で斬られそうな気迫があった。

「あぶねえ、あぶねえ。早くそいつを片してくだせえよ。これじゃ剣呑で話もできねえ」

入江町に店構えしているお艶の始末屋は、大勢の若い衆が出入りするわりには、猫の額のように敷地は狭い。

裏庭で抜き身の剣を構えられては、危なくて庭先に出ることもできない。

「どうしたってんです、あぶねえものを振りまわして。せっかくいい話をもってきてやったてえのに、いきなり斬られたんじゃたまらねえぜ」

兵馬は腰の構えを崩さず、ゆっくりとした動きで刀身を鞘に収めた。ついでに軒先に下げておいた濡れ手拭で、額に噴き出ていた汗を拭った。

「それは悪かった。じつは、近く斬り合いをしなければならなくなってな。錆びついてしまった腕を磨こうとしていたのだ」

兵馬の左腕にはまだ包帯が巻かれているが、剣を遣うのに支障がないほどには回復しているらしい。

「こんどは斬られねえように、頑張ってくだせえよ」

駒蔵は軽く厭味を言うと、懐から取り出した十手を袖口で丹念に拭いながら、得意げな顔をして鼻をこすった。寒い中で聞き込みを続けてきて、風邪でもひいたらしい。

「殺された連中の周辺を調べているうちに、ひょんなことに気がついたんでね」

駒蔵は兵馬の顔を、意味ありげにじろじろと見ながら、腰に下げていた煙管（きせる）を取り出して一服した。

「葵屋の番頭殺しから始まった一連の事件は、わけのわからねえことばかりが多すぎた。その中でも一番わけがわからねえのは、殺されなきゃならねえような覚えがねえ、ということだ。違いますかい」

「その通りだ」

幕閣が兵馬を消すために刺客を送り込んでくるのは、御庭番宰領の働きが邪魔になったからだろう。しかしその原因がどこにあるのか、兵馬には皆目わかっていない。

「その上、ことが小袖坊の誘拐まで絡んできたんじゃ、一体どうなっているのか、混乱してくるのはあたりめえだ」

駒蔵はまた一呼吸おくと、猫が鼠をいたぶるような眼で兵馬を見た。

「そろそろ、真相を知りたくなったんじゃ、ねえですかい」

兵馬はじりじりしてきたが、顔には出さなかった。駒蔵は仕方なさそうに続けた。

「殺しの現場と言ったって、古い殺しはすでに半年前のことだ。今じゃ人の噂にも上がりゃしねえ。と思っていたが、聞き込みをやっているうちに、気がついたことがある。一連の殺しには、ただ一点だけ共通するものがあるんですぜ。それが何か、わかりますかい」

兵馬は黙っていた。駒蔵がうずうずしたように、十手で左の掌をぴたぴたと叩いた。

「女、ですよ」

「女?」

兵馬は鸚鵡返しに呟いた。

「苦労しましたぜ。両国橋から始まって、深川の木場、荒川土手、浦安の岸、房州の浜辺と、殺しの聞き込みを進めているうちに、一連の事件の背後には、決まってある女がいることに気がついたってわけさ」

「………」

「あっしはすっかり忘れていましたがね。むかし深川に、お蔦ってえ名の、滅法いい女がいたじゃあねえですかい」

駒蔵は急に恨めしそうな眼をして、兵馬の顔をぐいと睨みつけた。

「葵屋吉兵衛が、その女を囲っていたことはわかっている。殺された密偵も、お蔦のゆくえを捜していた連中だ。しかし先生がお蔦と同棲していたとは知らなかった。なぜそのことを、あっしに隠していなすった？」

「あえて言わなかったが、なにも隠していたわけではない」

お蔦との儚い暮らしがあったことを、誰にも話す気になれかっただけだ。

「それじゃあ、調べがつかねえんだよ」

駒蔵は突然に怒声をあげた。その勢いには博徒の親分をしていた頃のような凄みがあった。駒蔵はどうやら本気で、兵馬に腹を立てているらしかった。

「幕閣からの刺客だなんて、さんざん脅しやがって。こんどの殺しは、そんな御大層なものじゃあるめえ」

また一呼吸おくと、駒蔵はさも憎々しげに言った。

「ひとりの女をめぐる、ただの情痴沙汰じゃあねえですかい。葵屋吉兵衛にしても、先生にしても、殺し屋にねらわれているのは、いずれもお蔦と寝たことのある男ですぜ。あっしが殺される理由は、これっぽっちもねえ、てえことは確かなようだ。この件はもう、町方の手に移した方がいいんじゃねえですかい」

もっとも、女をめぐる情痴沙汰など、江戸町奉行所がまともに扱ってくれるとは思われねえが、と駒蔵は厭味を言った。

「よくわからぬところがある」

兵馬は駒蔵に反問した。

「お蔦と寝た男がねらわれるとしたら、殺し屋を送り込んできたのは誰かということだ」

駒蔵は、ふん、と鼻を鳴らした。

「そいつはさしずめ、お蔦の新しい色男だろうぜ」

「しかし、あの女が江戸から消えてもう八年になる。いまさら情痴沙汰もないものだが」

駒蔵は皮肉な口ぶりで言った。

「そうですかね。殺されかかった葵屋の旦那などは、足掛け八年にもわたってお蔦のゆくえを捜していたんですぜ。お蔦ってえ女は、それほど男を執着させる魔性をもっている、てえことにはなりませんかい」

「なにを根拠に、そのようなことを言うのか」

お蔦はむしろ執着とは無縁な女だった。この世ならぬ希薄さに困惑したことさえある。そして兵馬は、お蔦を魔性の女と思ったことはない。

「じゃあ、お蔦が、汚れた過去を消すために、殺し屋を雇ったとでも言うんですかい」

駒蔵はさらに意地の悪いことを言った。

「それは考えられぬな」

兵馬はすぐに駒蔵の言うことを打ち消した。あのはかなげなお蔦に、そのような残忍さがあるとは思えなかった。

「甘めえ、甘めえ。先生はまだまだ女ってえものがわかっちゃあいねえ。むかしのお蔦がどんな女だったかは知らねえが、あれから何年が過ぎたとお思いだえ。八年もったら、女はどう変わっているかわからねえぜ」

今日の駒蔵は、どこまでも意地が悪かった。

「あっしはこれでも、遠く房州の浜辺まで殺しの足跡をたどってきたんだ。そのときの聞き込みで、密偵殺しの他に、似たような殺しの調べもついた。お蔦と寝たかどうかは知らねえが、深くかかわった男がもう一人斬られていたぜ。それもみごとな袈裟懸けだ。たぶん葵屋の番頭殺しと、同じ下手人に違えねえ。あっしの調べた一連の殺しは、すべてお蔦がらみさ」

わずか三日のあいだに、よく調べあげたものだ、と兵馬は駒蔵の岡っ引き根性に感心した。駒蔵が八面六臂(はちめんろっぴ)の働きをしているあいだ、兵馬の方ではほとんど進展がなかった。

葵屋吉兵衛は、みずからを檻に閉じ込めたような状態で、まだ生きていた。二日めの晩に殺し屋が襲ってきたが、邸内が木柵で分断されているのをみて、そのまま裏木戸から引き上げていったらしい。

地中に掘られた蛸壺に落ちて、捕獲されることもなかったし、木柵の迷路にまよって、出られなくなる愚も犯さなかった。

翌日、手代の松吉から連絡を受けた兵馬が、賊の侵入した痕跡を確かめてみると、裏木戸が鋭い刃物で切り取られ、出入り口の引き戸がこじ開けられていた。

兵馬はすぐに大工の棟梁を呼んで、裏木戸をより頑丈に造りかえさせた。兵馬が張りめぐらした罠に落ちなかったところをみれば、殺し屋は冷静で頭の切れる男らしい。

小袖のゆくえは知れなかった。始末屋の若い衆、竪川河岸や亥ノ堀河岸の夜鷹たち、さらに吉兵衛が銭をばらまいて集めた無宿人たちが、血眼になって江戸中を捜しまわったが、何の手掛かりも得ることはできなかった。

小袖をさらった女駕籠の一味からは、なぜか脅迫状さえ送りつけてはこなかった。もう殺されてしまったのではないか、と薄氷を踏むような思いをしながら、兵馬は根気よく待ちの態勢を取りつづけた。

「ところで、守りから攻めに移るのは、いつのことになるんで？」

駒蔵は神妙な顔をして兵馬を糾問した。駒蔵も進展のなさに苛立っているようだった。

「その機を待っている」

兵馬は憮然とした顔で受け流した。悔しいがそうとしか言えない。

「待ってるだけじゃ、何も始まらねえぜ」

房州まで聞き込みに行ってきた駒蔵は、ずいぶんと鼻息が荒い。岡っ引きとしての性根も据わってきたらしい。

「へたに動けないのだ」

動けないのは八方ふさがりになっているからだが、あまり駒蔵に弱みをみせたら、この男はますます付け上がるだろう。

「小袖坊のことかい」

駒蔵は兵馬の弱みを知っていた。兵馬が動きが取れないのは、小袖を人質に取られているからだ。

かつて駒蔵は、賽の目を読んで遊んでいた小袖の勘のよさに目を付けて、女壺振り師にならないか、と勧めたこともある。

「こちらの虚を突いて留守宅を襲い、女駕籠などを使って大っぴらに誘拐しておきながら、その後、なにも言ってこないのはおかしい」

もし幕閣が直接に手を下したのだとしたら、すぐに兵馬をおびき出して刺客を差し向けるはずなのに、それらしい動きは何もなかった。

「先生よ。考え違いをしているんじゃねえのかい」

駒蔵は岡っ引きらしい眼を光らせて言った。

「ところで、つまらねえことを聞くようだが、女駕籠でさらわれた小袖坊は、いってえ誰の子だえ?」

誰の子でもない。お蔦の子に決まっている。兵馬と血のつながりはない。

「つまりだな、すべてはお蔦って女につながっている、てえことにならねえかい」

これまで兵馬は、そのことを気にも留めていなかった。小袖がお蔦の子だという当たり前のことを駒蔵に指摘されて、兵馬は不意に眼から鱗(うろこ)が落ちたような気がした。

「そうか。そういうことか」

兵馬を襲ったのは、幕閣から送り込まれた刺客だとばかり思い込んでいたから、葵屋がねらわれたことと小袖の誘拐が結びつかなかったのだ。

小袖がさらわれたことは、葵屋吉兵衛がねらわれ、兵馬が襲われたことと無縁ではないらしい。すべてはお蔦という女とつながっている。

「しかし、益々わからなくなったな」

兵馬は伸びた月代（さかやき）をぼりぼりと掻きむしった。

「女をめぐる情痴沙汰で、殺しが絡むのはめずらしくもねえ」

駒蔵は冷酷な口調でそう決めつけると、自業自得だぜ、と吐き捨てた。

六

兵馬を訪ねてきたその男は、色の褪せた菅笠を被（かぶ）り、紺の風呂敷に引き出しのついた箱を包んで背中に負い、淡い鼠色の着物に、紺の手っ甲と、同じ色の脚絆（きゃはん）を着け、裾を端折（はしょ）った行商人の姿をしていたが、すばやく動きまわる眼が、不釣り合いなほど鋭かった。

怪しい奴だ、と思って兵馬が軒先まで出ると、男はにやりと笑って、煙草のヤニで汚れた黄色い歯を見せた。

「やっぱり、お艶姐さんのところにいたのかね」

ぞんざいな口を利く奴だ。兵馬がむっとして睨みつけると、男は背中に負っていた箱箪笥(はこたんす)を、ぽんと叩いてみせた。

「もう忘れたのかい」

にやりと笑ったその顔を見ると、回向院の境内で簪(かんざし)を売っていた男だった。

「簪はいらんぞ」

兵馬は顔を見ただけで鬱陶(うっとう)しくなり、蠅でも追い払うように片手を振った。

「今日は商売に来たんじゃねえ。ちょっくら物を頼まれてね」

簪屋は鋭い眼で左右を窺いながら、すばやく兵馬の傍らに寄ると、囁くような低い声で言った。

「まだわからぬか。おぬしとは同業の荻野弥七(おぎのやしち)と申す。いますぐに同道してもらおう」

押し殺したような声に、有無を言わせぬ気迫があり、陰の世界に生きている者に特有のすさんだ匂いがした。

「拙者とは無縁なふりをして、後からゆっくりと歩いて来るがよい。南割下水に出るまでは決して振り向くな」

言い捨てると、弥七は兵馬の返事も聞かずさっと背を向け、にわかに物売りらしい足取りに戻って、入江町を北に向かってすたすたと歩いて行った。

回向院にいた無愛想な簪売りは、どうやら陰働きをしている男らしい、と兵馬は思った。ぶしつけで傲慢なところをみると、兵馬のような捨て扶持をもらっている宰(さい)領(りょう)ではなく、倉地と同じように、御庭番をつとめている公儀隠密なのかもしれない。

兵馬が荻野弥七と名乗った男の誘いに乗る気になったのは、待ちわびていた知らせが届いたのではないか、という切迫した思いに駆られたからだ。

小袖のゆくえについては、その後も手掛かりは得られなかった。兵馬はじりじりとした思いで、敵が攻撃を仕掛けてくるのを、手を空(むな)しくして待つほかはなかった。

房州まで出向いた駒蔵の調べによれば、殺し屋のねらいは兵馬と吉兵衛に絞られている。小袖をさらったのが兵馬をおびき出すためだとしたら、敵の方から接触を求めてくるに違いない、と思われたからだ。

しかし、葵屋吉兵衛が襲われてからすでに四日、小袖がさらわれてからでも三日たつのに、敵の側から何の動きもないのは、かえって不気味だった。

その後は葵屋吉兵衛が殺し屋に襲われたという話も聞かず、兵馬もなぜか刺客と遭うことはなかった。

葵屋に雇われた無宿人たちから、目新しい風聞が入ってくることもなかった。夜鷹たちの見聞も同じことだ。すべて八方ふさがりのまま、いたずらに時ばかりが過ぎた。

弥七と名乗る男があらわれたとき、この男はひょっとしたら幕閣の手先ではないか、と一応は疑ってみた。

回向院に露店を構え、盛り場に不釣り合いな高級銀簪を並べている。商売人のくせに商品の売り惜しみをしてみせる。それだけではなく、なぜか気味が悪くなるほど、兵馬の身のまわりのことに詳しかった。

もし幕閣の手先として動いているとしたら、この男は兵馬の動向を逐一知っていたとしても不思議はない。

おれは江戸に帰ってから、ずっとこの男に監視されていたのかもしれない、と兵馬は疑ってみた。

兵馬が立ち寄った回向院の境内で、この男が銀簪を売っていたのも、ただの偶然ではなかったような気がしてくる。

簪売りに化けた荻野弥七は、本所入江町に住むお艶のことを知っていたし、だれも知らないはずのお艶と兵馬の仲にも気づいていたようだった。

油断のならない奴、と思ったが、唯一の手掛かりになるかもしれぬ男だ。正体が明らかになるまでは、しばらく泳がせておいた方がよい。

葵屋の番頭殺しから始まった一連の事件は、この男が仕掛けたものかもしれない。江戸に帰って両国橋を渡ったときから、兵馬はこの男の監視下に置かれていたのだ。

そのように考えてみれば、これまでわからなかったことまで、すべて辻褄が合うような気がしてくる。

房州まで聞き込みに出掛けた駒蔵は、一連の殺しが、ひとりの女をめぐる情痴沙汰だと言うが、凄腕の刺客と刃を交えたことのある兵馬は、やはり幕閣が絡んでいるのではないか、という疑惑をいまも捨て切れない。

それに荻野弥七のような公儀の陰働きをしている男が、情痴沙汰の殺しとかかわりがあるとは思われなかった。

この男の誘いに乗ることは危険だとは思うが、それ以外に突破口らしいものは見当たらない。

得体の知れない男の後から歩きながら、兵馬は腰に帯びたそぼろ助廣（すけひろ）の鯉口（こいぐち）をわずかに切って、突然の襲撃に備えた。

兵馬の得意とする無外（むがい）流『走り懸（が）かり』は、一瞬の太刀さばきにすべてが掛かっている。

無外流の遠祖は、源平合戦の頃、宇治川(うじがわ)の先陣争いで名を馳(は)せた佐々木四郎高綱(たかつな)とされている。

高綱が頼朝から拝領した名馬生食(いけづき)を、雪解け水で溢れた宇治川に乗り入れ、木曽義仲勢が川底に張りめぐらせた綱を斬り払った『綱切り』の刀法が、流儀として伝えられたものだという。

佐々木高綱が遣(つか)ったのは馬上剣であり、左手で手綱を操り、右手一本で剣を遣う、いわゆる片手斬りだ。

しかし時代は下り、鎌倉期までは盛んだった騎馬による戦いも、南北朝争乱の頃になると徒歩戦が主流となり、剣の用法も、馬上の片手斬りではなく、地上に下りて両手を使う刀法が一般となった。

しかし『綱切り』の基本は、あくまでも片手斬りにある。後世になるとこれに居合を取り入れて、無外流『走り懸かり』が完成する。

無外流の流祖辻月丹資茂(つじげったんもとしげ)は、居合をよくしたという。燭台の灯心を、燃えたまま三度まで寸断したという名手だった。

ちなみに、無外流の名は『一法実無外。乾坤得一貞』という禅門の偈(げ)に由来する。

その意は『刀法の手本となるものに内と外の別は無い。天下に節を得るとはこのことである』というほどの意味であろう。

無外流では、刀が鞘を離れた瞬間、下段から逆袈裟で斬り上げ、すぐに刃を返して上段から袈裟懸けに斬り下ろす。辻月丹が、一瞬にして灯心を三たび斬った太刀筋を伝えているという。

兵馬が得意とする刀法は『夢想返し』で、二十手に及ぶ『走り懸かり』の中でも、流祖辻月丹の太刀筋にもっとも近いとされている。

無外流には、初太刀はあっても二の太刀はない。一息に数歩を駆け寄り、腰の高さで真横に抜き放つ。その一撃は凄まじく『怒濤岩礁を砕く』と形容されている。

月丹が創始した無外流では、最初の一撃がすべてで、抜いた太刀はすぐに鞘に納めず、だらりと右手に下げて構えを崩し、たとえ討ちもらしても敵は追わない。

兵馬はこの『走り懸かり』に工夫を加え、独自の刀法『飛剣夢想返し』を編み出した。長い浪人暮らしで流儀を崩しているので、いまの無外流からはもちろん、流祖辻月丹の刀法からはだいぶ離れている。

『飛剣夢想返し』は、これを遣う兵馬までが、邪剣ではないか、と思うほど非情な殺人剣だが、さすがにこれを遣ったことは一度しかない。

兵馬の脳裏には、石榴（ざくろ）のように割られた頭蓋と、飛び散る脳漿が、悪夢のように焼き付いている。

できたら遣（つか）わないでおきたいものだ、と兵馬は思っているが、幕閣から凄腕の刺客が送り込まれてくれば、嫌でも遣わざるを得なくなるだろう。

荻野弥七と名乗るこの簪売りが、敵か味方かはまだわからない。兵馬は左手の指を鍔（つば）に掛けて、鯉口を切った刀身が抜け落ちないよう注意しながら、男との距離を一気に縮めようと足を速めた。

弥七は、一見してのんびりと歩いているようにみえながら、なぜか兵馬との距離が縮むことはなかった。

陰働きをする者に特有の勘で、背後からの抜き打ちを避けられるだけの距離を、常に保っているらしい。

「近づくとあぶないぜ」

そんな声がどこからともなく聞こえたような気がしたが、これも特殊な発声法を使って、弥七が伝えてきた忍びの声に違いない。

それは兵馬への警告だったのだ。

七

荻野弥七は、本所南割下水の河岸を、東に向かって歩いていた。長崎町から長岡町、三笠町をすぎると、そこで町家は終わって、岩出織部、秋元岩蔵などの旗本屋敷になる。

途中に南割下水を挾むようにして、細川玄蕃の中屋敷、津軽越中守の上屋敷があるほかは、割下水の両岸は軒並みに旗本屋敷が並んでいる。

本所の南割下水は、御竹蔵の手前で堀留になっているので、掘割に溜まった水に流れはなく、墨汁のような黒い汚水が澱んでいる。そのため腐った水の放つ特有な饐えた匂いが、あたり一帯に漂っていた。

女こどもの声が絶えず聞こえてくる町家と違って、人影のない武家屋敷街には、無愛想な土塀が続いている。土壁が剝げ落ちた長屋門は陰気で、街中の賑わいとはほど遠い。

いつのまにか、おれは町家暮らしに馴染んでいるらしい、と思いながら、兵馬はそのことをすなおに受け入れている自分を不思議に思った。

お艶のところに厄介（やっかい）になってから、兵馬はイキでイナセな町方の暮らしと、じかに接するようになった。それがなぜか心地よく感じられるようになってきている。

近ごろは、武士の沽券（こけん）など捨てた方がよい、と思うようにさえなっている。そもそも、日銭稼ぎで食いつないでいる浪人者と、俸禄に縛られている武士が、同じものであるはずはない。

あの男にしてもそうだ、と兵馬は十数歩先を歩いてゆく荻野弥七を見ながら思った。陰働きのために簪売りに身をやつしているつもりでも、小商人（こあきんど）の生業（なりわい）を長いこと続けているうちに、いつかは武士であることから逸脱し、ただ無愛想なだけの商売人になってしまうだろう。

真っすぐ東西に伸びた南割下水は、服部（はっとり）屋敷と依田（よだ）屋敷の角で堀留（ほりどめ）になっている。突き当たりは公儀御用の御竹蔵で、鬱蒼とした広い敷地は周囲に黒塀がめぐらされ、その外壁に沿って防備のために堀が切られている。

弥七は御竹蔵の角を左に曲がった。右手には水を張った掘割と御竹蔵の黒塀が続き、左手は、青山、高井、永田などの旗本屋敷が並んでいる。

そのまま真っすぐにゆけば亀沢町になるが、その手前には、あまり使われることのない馬場がある。このあたり一帯には、ほとんど人の姿を見ることがなかった。

突然、耳元で空気が震えるような鋭い羽音を感じた。

身を低くした兵馬の剣が鞘走って、飛来した矢を両断した。続けてさらに二筋の矢が、兵馬めがけて襲いかかった。

兵馬はとっさに飛び違え、片手殴りに剣を振るった。飛来した二本の矢は、ほとんど同時に切り落とされ、からからと乾いた音を立てて地に転がった。

「どうした？」

先を歩いていた弥七が、驚いたように駆け寄ってきた。

「白々（しらじら）しいことを言う」

兵馬は抜き身のそぼろ助廣を、右手にだらりと下げたまま立っていた。矢を射掛けてきた敵は、その後は気配を断っているが、いつまた襲ってくるか予測はできない。

「このようなところに誘い込んだのは、お手前であろう」

兵馬は抜き身の刀を、ゆっくりと弥七の胸元に向けた。

「言え。だれに頼まれて、わたしを連れ出したのか」

斬るつもりはない。いずれにしてもこの男は大事な生き証人なのだ。

「倉地どのだ」

弥七は蒼白な顔になって、意外なことを言った。

だ。

「なに……？」

兵馬は愕然とした。まさかと思いながらも懸念していたことが的中したと思ったのだ。

「その裏には誰がいる？」

御庭番の倉地文左衛門が、宰領の抹殺を決意したからには、その背後に将軍家の意図が働いているとみるべきではないのか。あるいは、倉地が兵馬を捨てて幕閣と提携した、ということも考えられるだろう。

そうなれば、兵馬は幕府という巨大な権力を敵にまわし、孤剣をたよりに独り戦わなければならなくなる。

「裏などはない」

弥七は苛立ったように短く言った。

「では、この矢はなんだ」

動かぬ証拠を突きつけた。兵馬の足元には、寸断された三本の矢が転がっている。

「ほほう、みごとな切り口だな。噂に聞いていただけのことはある」

弥七はその場に屈み込むと、拾った矢を眼の位置まで近づけ、まじまじと切り口を見ている。

「おぬしは、かなり図々しくできている男らしいな」

兵馬は気勢をそがれ、呆れ果てたように言った。

「そうでなくては務まらぬのが、おれの仕事だ。おぬしなどは、もう少し頭を働かせた方がよくはないか」

抜き身の剣を眼にしても、弥七はずけずけとした物言いを改めることはなかった。

「どういう意味だ？」

矢を射(い)掛けた賊はすでに逃げ去った後らしく、雑草が繁茂している馬場に人の気配はなかった。

「おれを敵と決めつけて、ほんとうの敵を逃してしまったのだ」

弥七は屈み込んだ姿勢のまま、上目づかいに兵馬を睨みつけた。

「おれは倉地どのに頼まれ、ずいぶんとおぬしのために働いてやったのだぞ。おぬしは礼儀というものをわきまえておらぬ」

御竹蔵と馬場に挟まれた寂しい小路には、兵馬たちの他に人影らしきものは見当たらない。そのため弥七はいつもより饒舌(じょうぜつ)になっている。

兵馬は抜き身の刀を懐紙(かいし)で拭って鞘に収めた。わずかに刃毀れはしているが、二尺三寸のそぼろ助廣はよく斬れる。この分だと、研ぎに出さなくとも『飛剣夢想返し』

を遣えるだろう。

「このようなところで、何を言っても始まらぬ。ともかく、倉地どのが待っていると

ころへ急ごう」

弥七は兵馬に背を向けると、何ごともなかったかのように、平然として先を歩いた。

「何故それを先に言わなかったのだ」

兵馬は恨めしそうに呟いた。矢を射掛けてきた刺客を取り逃がしたのは、弥七を警戒して注意が分散したからだ。

「もう何も言うな」

弥七は、叱っと言って、兵馬の口を封じた。武家屋敷街を抜ければ人通りの多い町家に出る。他聞をはばかる、と言うのだろう。

大川端に出るのに竪川河岸を通らず、旗本屋敷が並ぶ南割下水を選んだのは、にぎやかな町家を避けて人目を忍んだのだ。

しかしそれを逆手に取られ、人影の絶えたところで襲われた。公儀隠密ならもう少し頭を働かせろ、と兵馬は声には出さずに毒づいた。

もし弥七の言うとおりだとしたら、兵馬をねらっている殺し屋は、少なくとも遠国御用の一件とはかかわりがない、ということになる。

それにしても、と兵馬は嘆息した。これまで闇の中でしか動かなかった殺し屋たちが、大胆にも真っ昼間から矢を射掛けてくるようになった。

敵も焦っているのかもしれない、と兵馬は思った。しかしその敵が誰なのか、兵馬にはまだわかっていない。

八

大川端は光にあふれていた。

鏡面を並べたような水の流れが、岸辺一帯を照り返している。

河岸に沿って斜めに入り込んだ横網町と、松平伯耆守（ほうきのかみ）の下屋敷のあいだには、大川の流れを引き込んだ小運河が掘られている。これが御竹蔵入堀（いりぼり）と呼ばれる水路だった。

大川から御竹蔵に、直接荷船が出入りできるように造られたもので、入堀の奥は御竹蔵専用の船着き場になっている。

御竹蔵入堀には、御蔵橋と呼ばれる木橋が架けられ、入堀によって途中から切り離された大川端の河岸は、一本の橋によって南北に結ばれていた。

弥七は大川端の河岸まで出ると、岸辺に舫（もや）っていた小舟に飛び乗り、浅瀬に刺してあった竿を抜き取って漕ぎ出した。

「どこへ渡るのだ」

弥七は無愛想に言った。

「舟でなければ入れぬところだ」

小舟に葦の葉が絡んで思うように進まない。弥七は器用に竿を使って小舟を回し、大川の波がぴたぴたと打ち寄せている入堀に浮かべた。

小舟は御蔵橋の下を潜って、御竹蔵の舟繋ぎに入った。

「ここだよ」

弥七が指し示したのは、高い塀と掘割に囲まれた御竹蔵だった。事前に話をつけてあるのか、門衛は無言のまま木戸口を通した。

広い敷地内には十数棟の御竹蔵が、黒々とした影を落として並んでいる。枝を張りめぐらした木陰は深く、あたり一帯には鬱蒼とした樹林のような趣があった。

その内の一棟に案内されると、暗い室内で御竹蔵の役人と談笑していた倉地文左衛門が、にこやかな顔をあげて兵馬を迎えた。

「わしは遠出ができぬ身体になってな。それでこのようなところまで来てもらった」

倉地はまだ傷が癒えていないのか、太い赤樫の杖に縋っている。兵馬を御竹蔵まで呼び出したのは、江戸市中に網の目のように張りめぐらされた水路伝いに、御用屋敷からほとんど陸に上がることなく小舟を利用できるからだ。

駕籠に揺られるよりも舟の方が、骨折した左足に楽なのだろう。

「御用屋敷に伺おうかとも思いましたが、ついつい遠慮しておりました」

遠国御用から帰った後、宰領としての報告を怠っていた、と非難されても仕方がない。

「お艶と申す女から、刺客に襲われたと聞いたが、大事はなかったようだな」

倉地は屈託のない口調で声をかけた。

「御心配をおかけした」

兵馬が受けた左腕の傷は、宰領としての働きに支障をきたすほどのものではなかった。無外流の基本は片手斬りにあり、利き腕さえ使えれば『走り懸かり』を遣うことはできる。

しかし両腕に力が籠もらなければ、兵馬が編み出した『飛剣夢想返し』は効力を失する。一瞬の動きを矯めて、怒濤岩礁を砕く、激しい剣技であるからだ。

「お艶とやらから、およその事情は聴いている。その件で、わしが調べられるところは調べてみた。しかし面目ないことに、この始末でな」

倉地は頑丈そうな赤樫の杖を軽く叩いた。木剣か短槍代わりに使えそうな杖だった。

「あまり動きまわることはできなかったが、わしの代わりに弥七が働いてくれた」

弥七は倉地に遠慮し、それでは、と言って御竹蔵の役人と一緒に蔵から出た。

「いささか不気味な御仁(ごじん)ですな」

弥七の後ろ姿を見送っていた兵馬は言った。兵馬の身辺を嗅(か)ぎまわっていたことを言ったのだが、弥七にそれを命じたのが倉地だということはわかっている。

「そう悪く言うな。あの男は、御解(おと)き放ちになった家を、再興しようと必死なのだ」

「なるほど、元御庭番の家筋ですか。どうりで宰領のわたしに対して、威張りたがるはずですな」

多少の皮肉を込めて言った。

「昔の誼(よし)みもあって、いまはわしの宰領として働いてもらっている。悪い男ではないが、そのようなわけがあってな、いささか屈折しておるのだ」

倉地は話題を変えて、すぐ本題に入った。

「ところで、それとなく幕閣にも当たってみたが、おぬしが懸念しているようなことは何もなかったぞ」

それでは何故(なにゆえ)、兵馬は凄腕の刺客にねらわれなければならないのか。

「はっきり言って、遠国御用は失敗でした。倉地どのは、その責めを負わされているのではないのですか」

兵馬は単刀直入に訊いた。

「あれはあのようにしかならぬものであった。将軍家には御存じのことじゃ」

しかし、闇夜に乗じて倉地を逃がした後、弓月（ゆづき）藩に幽閉された兵馬は、幕閣から送り込まれてきた刺客に、真剣で試合を挑まれた。そのことを、たぶん倉地は知らない。

「将軍家が気になさらずとも、あの件に関して、幕閣からのお咎（とが）めはなかったのですか」

兵馬はそれとなく探りを入れてみた。

「われら御庭番は、将軍家の耳目（じもく）となって、ただありのままの風聞をお伝えしている。たとえ幕閣であろうとも、われらの働きに口出しされるいわれはない」

それが御庭番という職制なのだ、と倉地は確信をもって言った。

「しかし、それゆえに幕閣の御政道を曲げるものとして、われらが憎まれることにはなりませんか」

兵馬は幕閣から送り込まれた刺客を斬った。それを公にできないだけに、憎しみはより深くなるのではないか。

「遠国御用から帰って、将軍家に差し出す風聞書に、わしは書いた。諸事無事にして問うところなし。将軍家はその一言で、わかってくだされた。弓月藩のことに関しては、何の禍根も残らぬはずだ」

そう言われても、相変わらず殺し屋が暗躍していることに、兵馬はこだわった。

「しかし、現にわたしは刺客からねらわれている。今もこの御竹蔵の近くで、白昼に矢を射掛けられたばかりです」

しかし倉地は別の見方をしていた。

「その件に関しても調べてみた。これがただの遺恨ではないとすれば、おぬしはそれと知らぬまに、どこやらの御家騒動にでも巻き込まれているのではないのか」

いかにも唐突な言い方だが、倉地には何か思い当たるところがあるらしい。

「しかし、刺客にねらわれているのは裕福な町人で、殺されたのはその男に雇われていた密偵たちです。どう考えても武家の家督争いと、かかわりがあるとは思われませんが」

倉地からどう言われようとも、やはり兵馬には納得がいかなかった。

「おぬしを襲った刺客は、正規の剣を学んだ遣い手だという話だ。その男が日雇い仕事の殺し屋ではないという証拠だ。たぶん剣技をもって藩の禄を食(は)んでいるしかるべき剣客であろう。それに、女駕籠で婦女子を誘拐するなどということは、いかにも田舎大名らしい手口ではないか」

　倉地には、御庭番としての勘があって、この一件の背後には複雑な事情がある、と睨んでいるらしかった。

「わしは今回の怪我を理由に、しばらくのあいだお役御免を願い出ている。いわば隠居に近い境遇だ。たまには暇つぶしに、おぬしの手伝いをしてもよいぞ」

　倉地は鷹揚な口ぶりで、人のよい申し出をした。

「なにか代償を求めておられるのではありませんか」

　兵馬には、楽隠居の手伝いで済むような事件とは思われなかった。

「気にするな」

　倉地は好人物のような顔をして笑っている。

「まさかお艶を、御庭番宰領にしたい、などと言われるのではないでしょうな」

　いつか湯島天神でお艶の裸を見たとき、倉地も一緒だったことを思い出した。

「はははは。その件については、その場できっぱりと断られてしまった。なかなか気っ風のよい女であった」

　倉地はそのことで、かえってお艶を気に入ったらしい。

「たとえば、いま死に瀕している武士があるとしよう。そのとき必死で守ろうとするのは、どのようなことか？」

倉地はいきなり話題を変えた。

「さて……」

兵馬は言いよどんだ。武士へのこだわりなど捨てよう、と思い始めている兵馬には、倉地から投げかけられた問いは、平凡なだけにかえって答えにくい。

「なにも難しく考えることはない。おぬしならどうだ」

「剣名とか、武名というような……」

兵馬に皆まで言わせず、倉地は腹を抱えて笑いだした。

「いまどきの武士で、そのようなことを考えている者は誰もおらぬ。他には何も思い当たらないのか」

兵馬が憮然として口をつぐむと、倉地は焦れったそうに言った。

「武士にとって最大の課題は、何よりもまず家の存続だ。お上から戴いている俸禄を、少しも減らすことなく子孫に伝えることだ」

ならば、みずから脱藩して家禄を捨てた兵馬は、そのときからすでに武士ではなくなっていたのだ。

「武士がもっとも恐れるのは、家の廃絶だ」

倉地は、駄目押しをするかのように言った。

「家の存続を守るためであれば、どのようなことでもする。それが俸禄をもらって暮らしている武士というものの実態だ。おぬしがねらわれるとしたら、それを妨げるようなことをしたからではないか」

兵馬は憤然として言い返した。

「思いもよらぬことです」

兵馬は賭場の用心棒にまで身を落として、世間の片隅でおとなしく生きてきた。他家の廃絶にかかわるようなことで、恨みを受けるいわれはない。

「何ごとにおいても、本人が知らぬ、ということは一番始末が悪い」

倉地は苦笑した。御庭番の特権を使って、何か核心に近いことをつかんでいるらしい。

「お家断絶への恐怖は、小身よりも大身の方がはるかに強い。とりわけ名門と言われる家柄ともなれば、先祖代々の重みがずっしりとのしかかってくる」

それでは、おれのような小身者には、お家断絶の恐怖はわからないというのか。兵馬は反発を感じたが、倉地は決してあてこすりや厭味を言っているわけではなかった。

「いまは廃絶の理由として、もっとも多いのが無嗣(むし)断絶だ。これは権現様(ごんげんさま)の頃に行われた外様大名潰しの改易とは違って、譜代の武士たちにも適用される」

武家諸法度によれば、正嫡の男子がなければその家は廃絶となる。それを厳密に適用すれば、改易される大名旗本はかなりの数にのぼるだろう。

大名や旗本が廃絶となれば、その家に抱えられていた家臣たちが浪人して巷(ちまた)に散り、そのほとんどは再び職を得ることができずに浮浪化する。

たとえば、切支丹(きりしたん)浪人たちによる島原の乱、食い詰め浪人たちが幕府転覆を企てた由井正雪の乱など、破れかぶれになった浪人たちの蜂起は、幕府の土台骨に脅威を与え、幕閣たちには悩みの種となった。

これを解消するために、養子相続が認められ、正嫡でなくとも家督を継ぐことができるようになった。

家禄を相続する養子は、幕府に届け出て正式な承認を得た者でなければならない。しかし養子縁組をした後から実子が生まれたら、養子と実子とのあいだで、家督の後継をめぐる御家騒動になりやすい。ことが公になれば廃絶は免れない。

それを避けようとして、無嗣でありながら養子を定めないまま、当主が突然死ぬようなことになれば、無嗣ということでその家は廃絶になる。

この弊害を防ぐために、いわゆる末期（まつご）養子が認められた。死ぬ直前に養子を定めても、家督の相続を認めることにしたのだ。

しかし末期養子の実態は、当主の死を隠して申し出ることが多い。当主の死後に養子を捜し、それを生前に定めた相続人として届け出るのだ。

「家の存続に対する武家の執着は、それほどに強い。末期養子の邪魔になるようなことがあれば、容赦なく抹殺することも平然として行われるようになった。末期養子の秘密に少しでもかかわっていたとすれば、たとえ商人であっても、刺客にねらわれることも不思議ではない」

葵屋吉兵衛と兵馬にただ一つだけ共通しているのは、駒蔵が言うように、お蔦という女を情人に持ったことだ。もし倉地の言うことが正しければ、お蔦と寝たことが、どこかの家中にとっては末期養子の妨げになるというのだろうか。

しかしお蔦は葵屋が世話していた町の女だ、大名だの旗本やらの、廃絶や、末期養子などに、かかわりがあるはずはない。

「そこでわしは、お城の御文書蔵に入って、近ごろ幕府に届けられた末期養子の書類を調べてみた」

倉地はにわかに声をひそめて言った。御役御免を願い出た、などと言いながらも、倉地の眼光は御庭番らしい鋭さを取り戻している。

御文書蔵の書類を見るなどということは、将軍家の許可がなければ、一介の御庭番にできることではない。この件について、倉地は公儀御庭番として動いているに違いない。

「養子縁組の届け出には、大名からのものはなかった。旗本御家人を調べてみても、末期養子の申し出は、わずか三件にすぎなかった」

倉地はさっそく家譜をひもといて、届け出があった三家の経歴を調べてみたという。

「気になることがあった」

「どのようなことでござる」

兵馬が思わず身を乗り出すようにして問い返すと、倉地はもったいぶって一息入れた。

「末期養子を願い出ている三家のひとつ、恩出井(おんでい)という旗本の家譜を調べてみると、いかにも不思議な家系であることがわかったのだ」

「オンデイ？　聞かぬ名前ですが」

兵馬が首をひねると、そうであろう、と言って倉地は満足そうに頷いた。

「恩出井家は、平将門(たいらのまさかど)の血統を伝えている、というのだ。嘘か真(まこと)かわからぬが、少なくともそう信じて、数百年を生きてきた一族がいたのだ。東照権現家康公が江戸打ち入りのとき、祝儀に駆けつけた恩出井一族は、家門の再興を願い出て認められ、いまも旗本として存続しているのだ」

新皇を称して関八州に君臨した平将門は、本朝における最大最悪の朝敵と言われている。しかしそれは西の政権にとっての忌避（きひ）であって、一千年の昔に東国で独立政権を宣言した平将門は、関東ではむしろ神として崇（あが）められている。

「まだ江戸の下町が海の底であった頃から、柴崎村には将門の首塚が祭られていた。それが昔の神田明神で、いまの神田橋御門の辺りにあったという。神田山が切り崩されて下町の埋め土に使われたとき、神田明神は外堀の向こう側の湯島台に移されたが、首塚はいまも元の地に残っている。東照権現様によって開かれた江戸の町は、将門の首塚を中心にして造成されているのだ」

天下を震駭（しんがい）させた承平（しょうへい）・天慶（てんぎょう）（九三五―九四〇）の反逆児平将門の首は、京都に送られて獄門（ごくもん）に懸けられたが、三月たっても死首の顔色は変わらず、なお生きているかのようにくわっと眼を見開き、夜ごと夜ごとに、ぎしぎしと牙を噛み鳴らした。

「斬り離された胴は何処（いずこ）にある。わが胴をはやく持って参れ。胴に首を継いでもう一（ひと）合戦（かっせん）いたそうぞ」

夜な夜な不気味な声で呼ばわった。その声を聞いて畏(おそ)れおののかない者はなかったという。

ある数寄者(すきもの)が、将門の首に戯(ざ)れ歌を詠(よ)みかけた。

「将門は米かみよりぞ斬られける。俵藤太(たわらとうた)のはかりごとにて」

俵藤太秀郷(ひでさと)にこめかみを射られた将門の首は、醜い矢傷を隠すために、飯粒を練った続飯(そくい)を詰めて、傷口が埋められていたからだ。

その歌を聞いた将門の首は、からからと乾いた声で笑い、ふわっと闇の中に浮き上がると、不気味な高笑いを闇空に残し、はるか東方をめざして流星のように飛んでいったという。

将門の首は故郷をなつかしんで遠く武蔵国まで飛んだが、そこで力尽きたのか田圃に落ちた。首は飛翔をやめた後もなお神通力を失わず、夜ごとに光を放ったという。

将門の首が飛来した田圃と言われているのは、江戸城の堀の内にあたる昔の柴崎村で、将門の遺臣たちは塚を築いて将門の首を祭った。それが江戸の守護神として人気のある神田明神の起こりだ。

「突然の逆風に煽(あお)られて馬は進まず、進退に窮した将門が藤原秀郷の放った矢に倒れると、それを見た東国の叛乱者たちは算(さん)を乱して逃げ、勝ちに乗った官軍に追われて坂東の僻地に散った。その中に将門の血統を伝えるという恩出井一族の祖先がいた。討っ手を避けて水郷地帯にひそみ隠れたというが、いまとなっては確かなことはわからぬ。すべては伝説の世界のことなのかもしれない」

倉地の話を聞いていた兵馬の顔色が、突然に変わった。

「水郷地帯ですと？」

嚙みつくような勢いで問い返した。

「房州よりさらに北に広がる、水のあるところでござるか」

兵馬はお蔦から最後の晩に囁かれた睦言（むつごと）を思い出した。あたしは水のあるところから来たの、そして水のあるところへ帰ってゆくわ……。

お蔦を捜すために、葵屋吉兵衛が放った密偵は、お蔦の痕跡を求めて江戸から下総（しもうさ）、上総（かずさ）と東へ向かい、ついに房州の浜辺までたどり着いたところで斬られた。

夜鷹たちの話では、小袖を乗せた女駕籠は、西に向かったと言っていたが、その女が指さしていたのは東の方角だった。小袖をさらった女駕籠は、やはり東へ向かったのだ。

すべてがばらばらで、まったく違うものだと思っていた殺しの一件が、倉地の話を補足してゆくと、恐ろしいほどにぴったりと符合する。

「如何(いかが)いたした？」

倉地は、兵馬の顔色が、急に変わったことに驚いた。

「これまでの推測は、すべて間違っていたのかもしれません」

兵馬は臍(ほぞ)を噛むような思いで呻いた。

「とりあえず、恩出井の江戸屋敷に乗り込んでみます。屋敷はどこですか」

驚いた倉地は、ともかく兵馬の暴走を抑(おさ)えようとした。

「待て。無茶なことはするな。恩出井家では幕府に末期養子の届けを出しているのだ。浪人者のおぬしが、旗本屋敷に踏み込んだりしたら、大変な騒ぎになるぞ」

「それでは、御庭番宰領として踏み込みますか」

兵馬は倉地を脅すかのように言った。

「それができなければ、一浪人として乗り込むほかはありますまい」

しかし兵馬がいくら喧嘩に慣れているといっても、これは賭場の争いとはわけが違う。

水　　妖〈Ⅲ〉

霧は休みなく流れて湖面を覆った。

岸辺に茂る樹々の梢は、柔らかな羽毛のように霧の中に浮いて、わずかにその輪郭を見せるばかりだった。

湖周は淡い影と影が重なり合って、柔らかな毛玉をそっと置き重ねたように見えた。

はるかに湖面をへだてた対岸は、墨の濃淡のみで描かれた屏風絵のようにしか見えなかった。

岸辺を縁取っている薄墨色の樹木は、白く淡い影を落として、湖面を流れる霧の中に見え隠れしている。

「姫は舟めぐりに飽きませぬか」

小舟を漕いでいた津賀鬼三郎が、おそるおそる声をかけた。

「そのほかに何の楽しみがあるというのです？」

津多姫はやさしく答えたが、鬼三郎は項垂れたまま黙って艪を漕ぎつづけた。

「こうしていると、思い出すのはあの頃のこと……」

津多姫はふと口を噤んだ。思い出すことをみずから禁じていた日々のことが、にわかによみがえってきたからなのかもしれなかった。

「爺はまだ戻っては来ないの？」

姫はすぐに別なことを考えていた。そうすることが忌まわしい記憶を封じるための唯一のやり方であるということを、姫は知っているのかもしれなかった。

「いましばらくすれば、姫も江戸屋敷に戻ることができましょう」

鬼三郎はつい口を滑らせたようだった。

「江戸は嫌いじゃ」

姫の表情が微かに波打ったのを見て、鬼三郎はまたうつむいてしまった。

「おまえは、江戸で何をしてきたのです？」

にわかに問い詰めるような口調になった。

「姫のために悪しからぬようにと……」

鬼三郎は口ごもった。

「そして人を斬ったのですか」

姫は悲しそうに言った。

「わたくしのために、鬼三郎は修羅の道をあゆむと言ってくれましたね」

鬼三郎は無言で頷いた。

「あの入り陽を見てごらん」

また別なことを言った。

「夕霧の向こうが微かに明るんでいます」

艪を漕ぐ音が夕凪の波にまぎれた。

「でも霧が立ち込めれば、夕日はただ白んで見えるだけね」

姫が指さしたところに光はなかった。

「まるで水死人の頬のように」

姫は低い声で陰気に笑った。

「おやめください」

黙って艪を漕いでいた鬼三郎が、押し殺した声で遮った。

「おまえにも心があるの？」

姫は驚いたように問い返した。

「鬼の一族にも、秘めた思いはございます」

それゆえに、と言いかけて、鬼三郎は喉元まで出かけた言葉を呑み込んだ。

激情を堪えているようにみえたが、艪を漕ぐ音に乱れはなかった。

また静寂がきた。姫はそっと溜め息をついた。

「うらやましいこと。わたくしは思いを捨てることによって生きているのです」

夕闇が湖沼を覆った。

霧はしだいに濃くなって、湖沼一帯はおぼろげな影に沈んだ。

湖面は幾重にも薄幕を張りめぐらせたように沈んで、闇が迫るにつれて白い視界を失いつつあった。

「逢魔の時がくるのね」

姫は小さな声で呟いた。

「逢魔の時になれば、おまえの剣が闇に舞う」

また責めるような口調になった。

「おまえは、失われてゆく命について考えたことがあるの？」

鬼三郎は無言のまま艪を漕いでいる。

「これまでに何人斬りましたか」

姫は柔らかな声で執拗に若者を責めた。鬼三郎は姫のやさしい唇から発せられる呵責(かしゃく)に黙って耐えている。

闇は落ちた。

湖面にはもはや光の残滓(ざんし)もない。

「これまでに一度として、私情をもって人を斬ったことはありません」

鬼三郎は絞り出すような低い声で言った。

「水の掟(おきて)ですか」

姫は剣の天才と言われるこの男を、哀れむかのように言った。

「それを受け継ぐために、幼少より剣を学んだのです」

鬼三郎は艪を漕ぐ手を休めずに言った。

「おまえが受け継いできたのは鬼の道です」

姫の声が潤(うるお)ってきた。

しだいに闇は濃くなって、互いに顔を見ることはできなかった。

「もし、おまえが鬼の一族でなかったら……」

姫は躊躇(ちゅうちょ)していた思いを口にしかけた。湖沼に訪れた闇にまぎれて、ふと封印を解こうという気になったのかもしれない。

「せんないことです」

鬼三郎がそれを留めた。姫は溜め息をついた。いつもこれから先には進めない。

怨泥

一

兵馬は吾妻橋を渡って大川（隅田川）を越えた。

橋の上から隅田の流れを見れば、大川は冬の渇水期を迎えて、浮き島のような瓢簞型の砂州が、流れの中にのっぺりと横たわっていた。

隅田川を渡れば、大川端の右手は花川戸になる。兵馬はふと思いついて、浅草寺の脇にある駒蔵の家に寄ってみた。

「これは先生、おめずらしい」

賭場でごろごろしていた博徒の一人が、いまは目明かし駒蔵の下っ引きとなって、狭い裏長屋に居候を決め込んでいた。

「生憎（あいにく）なことに、親分は留守でござんすが、なにか急用でもできましたかい」

下っ引きは、めったにない兵馬の来訪に、何か異変を感じ取ったらしかった。

「駒蔵親分が帰ったら、根津権現（ねづごんげん）裏の旗本屋敷にいる、と伝えてくれ」

「喧嘩の出入りですかい」

いまも博徒の頃からの悪い癖が抜け切らないのか、子分は兵馬のただ事ではないようすに、好奇の眼を輝かせた。

「ばかを申すな」

言い捨てて、兵馬は先を急いだ。

浅草寺の参道口には、風変わりな山門が建っている。寺院には付き物の阿形（あぎょう）と吽形（うんぎょう）の金剛力士像に代わって、滑稽味のある雷神と風神が山門の左右を護っているのだ。

これが珍奇を愛する江戸っ子の好みにかなって、御本尊の観音様に負けず劣らずの人気がある。

金龍山浅草寺は、推古（すいこ）天皇三十六年（六二八）建立（こんりゅう）と伝えられ、武蔵国では最古の仏教寺院とされている。

寺域は二万一千七百五十一坪で、江戸の築城によって、濠の外に移転させられた神田明神と比べたら、およそ倍以上の敷地がある。

雷門の前から始まる浅草広小路は、観音様の参詣客で賑わっていた。

浅草広小路を真っすぐに西へ進むと、突き当たりが東本願寺の裏門で、そこを左手に曲がれば、すぐの角地に崇福寺(すうふくじ)があり、その角をさらに右へ曲がれば、東本願寺の表門がある。このあたり一帯は、黒谷門跡(くろたにもんぜき)前と呼ばれている。

東本願寺の脇には、南北に溜まり水を流している掘割がある。掘割に掛かっている菊屋(きくや)橋を渡って、どぶ店(たな)通りと呼ばれる賑やかな門前町を横切ると、小さな寺院が棟(むね)割りに並んでいる新寺町通りに出る。

兵馬は、軒並みに寺が続いている新寺町通りを歩きながら、倉地文左衛門から聞いた恩出井一族の家譜に、思いをめぐらせた。

「恩出井とは後世の当て字で、本来はみずから卑(いや)しんで、怨泥と称していたらしい」

倉地は、文書蔵で調べた恩出井一族の由来を、かい摘(つ)まんで話してくれた。

「公儀に差し出された、恩出井一族の家譜によれば、将門の遺児夜叉丸(やしゃまる)は、将門の残党を狩りたてる貞盛(さだもり)と秀郷の執拗な追撃を逃れ、粗末な筏(いかだ)に乗って鬼怒川(きぬがわ)を下った。途中で利根川(とねがわ)に合流して、さらにその下流まで筏を乗り切ると、あたり一帯に湖沼が広がっている水郷地帯にひそみ隠れた」

薄暗い竹蔵の中で、倉地はまるで見てきたような話し方をしたが、数百年以上も昔の伝説を、兵馬はにわかに信じることができなかった。

「夜叉丸とその類従(るいじゅう)たちは、一面に葦の生い茂る湿地帯に身をひそめ、半身を水に浸(ひた)して泥の中を這いずりまわりながら、あるいは泥水をすすり、怨念を糧(かて)として生き延びたという。泥地に身をひそめること数年、ついに官軍の追跡を振り切った夜叉丸は、やがて霞ケ浦(かすみがうら)一帯を支配する湖賊の祖になった、と言い伝えられている」

一尺の領地も持たず、住むに家もない夜叉丸の末裔(まつえい)たちは、水郷一帯に広がっている湖沼を支配することで、怨泥一族として数百年の命脈を保ってきた。

「怨泥一族が隠れ住んでいた湖沼は、その後に勃興した佐竹(さたけ)と千葉という二大勢力にとって、互いに兵を入れない暗黙の緩衝地帯となっていた。葦原のほかには水と泥しかない不毛地帯など、だれが領地に望もうか。怨泥一族は、数百年という時をへだてて、めまぐるしく興亡を繰り返した大名小名の被官にもならず、夜叉丸以来の独立自尊を貫き通して、なんと、戦国の世まで生き延びたのだ」

天正十八年（一五九〇）七月、小田原北条氏が豊臣秀吉に降伏。秀吉はそのまま大軍を北上させて奥州を平定し、ついに天下統一の大業を成し遂げる。

その翌月、すなわち八朔(はっさく)（八月一日）には、徳川家康の江戸打ち入りがあった。その日、家康に目通りを願い出た関東武士たちの一人に、夜叉丸すなわち怨泥一族の末裔がいた。

「東照権現（家康）は、由緒ある家柄を存続させることに、ことのほか熱心であられた。たとえば、足利家の血統を伝える吉良(きら)家や、甲州武田の遺臣などを、直参(じきさん)の旗本御家人として召し抱えられた。とりわけ平将門といえば、いわば坂東武者のはしり、関東の八ケ国に覇を唱(とな)えて、西の政権に対する東の政権を樹立した先駆者だった。その末裔と名乗る一族がまだ生き延びていたことに、東照権現はいたく感銘なされたという。夜叉丸の伝説をどこまで信じておられたかはわからぬが、東照権現様は怨泥一族の末裔を、三千石待遇の旗本として、お取り立てになられたらしい」

しかし、家臣への領地分配に吝嗇(りんしょく)であった、と伝えられる家康が、由来のあやしい怨泥一族を、直参旗本として召し抱えたのは何故なのか。

「それは恩泥一族の申し出た条件が、奇妙なものであったからだと言われている」

われらは一尺の土地も求めず、いかなる役職も望まず、ただ平新皇将門の血統を継ぐ家名を伝え、これまで通り、湖沼に住むことを認めていただけるなら、徳川家のために粉骨砕身して、犬馬の労を取ることを厭(いと)わない、と言上したという。

「それからの恩出井一族は、三千石待遇の旗本として、いまも御公儀から俸禄を受け取ることなく、わずか一尺の采地（さいち）も持たず、水郷の湖沼を本貫（ほんがん）として、三千石の格式を保っていると聞く」

しかし、三千石待遇の旗本恩出井家が、なぜ小袖を誘拐したのか、倉地の説明だけではわからなかった。

「そのような由来を持つ恩出井家は、家系の存続に異常なまでの執着を持っている」

倉地はいよいよ本題に入った。

「ところが、現在の当主というのが病弱でな、いつ死んでもおかしくないような衰弱ぶりだという。しかもこの男には、少し偏執の気味があって、累代（るいだい）の家来たちも、だいぶ手を焼いていたと聞いている」

「………」

「しかも恩出井将近（まさちか）、これは当主の名だが、将近には子がない。このままだと、無嗣（むし）廃絶ということになるだろう。将門以来の家系を誇る恩出井家は、お家断絶の危機に直面しているというわけだ」

倉地は、この三日の間にそこまで調べていた。さすがに公儀隠密だけあって、目明かし駒蔵の調べとは格が違う。

「恩出井家からは、末期（まつご）養子の願いが出されている」

兵馬が感心した途端に、倉地の話は方向がずれてきた。

「それと殺しとは係わりはありますまい」

小袖の誘拐とも繋(つな)がらない。倉地はかまわずに続けた。

「将近には、庶出(しょしゅつ)ながら妹がいたらしい。これまでゆくえがわからなかったが、お家断絶を恐れた家来たちが、ようやく捜し出して、怨泥の地に保護しているらしい。この妹に婿(むこ)を迎えて、末期養子にしたいという考えらしいが、それがどう進展しているのか、後のことはわからぬ」

兵馬は首をひねった。小袖が恩出井将近の妹だとしたら、あまりにも年齢の開きがあり過ぎる。

「こうなれば、恩出井屋敷に乗り込んで、じかに問いただすほかはありませんな」

兵馬が重い口を開くと、倉地は気になることがある、といって言い足した。

「怨泥の江戸屋敷に乗り込むつもりなら、これだけは気をつけておいた方がよい。恩出井家には代々にわたって、鬼の一族が護(まも)っているという伝説がある」

「鬼ですと？」

兵馬は意外な言い方に驚いて、思わず倉地の顔を見返した。

「そう呆れた顔をしなくともよい。鬼といっても、額に角(つの)が生えて、虎の皮の褌(ふんどし)

をした赤鬼や青鬼のことではない。鬼の一字を名に冠した、剣の達人、という意味のことらしい。さすがに将門の末裔を名乗る家系だけあって、一族の中から必ず天才的な剣の遣い手が出るという」

そうなれば、兵馬とすれ違いざまに斬りつけてきた凄腕の刺客は、恩出井家を護っている鬼の一族ということになるのだろうか。

いつも編笠で顔を隠していたり、闇に乗じて出没したりするのも、三千石待遇の旗本を主家にもつ陪臣の身であれば、当然の配慮というべきだろう。

「もしも鬼に逢ったら……」

逃げるしかない、と倉地は言った。

「いくらおぬしの剣が早くとも、それ以上に早いのが鬼の剣だ。はじめから負けるとわかっている勝負には出ない方がよい」

よけいなことを、と兵馬は腹を立てた。

まるで倉地の言い方は、おのれの宰領をつとめている兵馬よりも、恩出井家を護るという鬼の一族に、肩入れしているような口ぶりではないか。

「おっと、あぶねえ。唐変木め、どこに眼をつけて歩いているんでえ」

考え事をしていた兵馬に突き当たりそうになって、ひょいと身をかわした男が、まるで喧嘩を売るように口汚く罵（ののし）ったが、兵馬が鋭い眼で一瞥すると、気をつけやがれ、と捨てぜりふを残して逃げてしまった。

つい考えごとをしていた兵馬は、広徳寺前から車坂（くるまざか）町をへて、いつの間にか上野の山下（やました）まで出ていた。そこから東叡山（とうえいざん）寛永寺入り口の黒門前を通って、蓮の葉が浮かんでいる不忍池に出た。

弁天島の手前をさらに西へ進めば、恩出井家の江戸屋敷があるという根津大権現裏までは、そこから小半刻もかからない。

二

権現の森は鬱蒼（うっそう）としていた。

麗々しい朱漆（しゅうるし）塗りの社殿は、五代将軍綱吉の建立になるもので、以前は、甲府宰相松平綱重の別邸があったところだ。

そのため根津権現の周囲は、小笠原信濃守の下屋敷、水戸藩中屋敷、小笠原右近（うこん）将監（しょうげん）の下屋敷など、広大な大名屋敷に囲まれている。

西隣の一角には大身の旗本屋敷もあって、兵馬が訪ねてゆく恩出井家江戸屋敷も、そのうちのひとつだった。

さて、どうしたものか、と兵馬は腕組みして考えた。刺(し)を通じてから小半刻にもなるのに、恩出井家の長屋門はぴたりと閉ざされたままだ。

一介の浪人者が面会を求めても、邸内に通すとは思われなかったので、兵馬は出てきた門番を相手に大博奕を打った。

「御当主の恩出井将近殿に、至急お目にかかりたい。以前から昵懇(じっこん)にしていた鵜飼兵馬が訪ねて参った、と言えばすぐにわかるはずだ。至急の用件があって参ったと伝えてもらいたい。よろしいか、至急でござるぞ、至急」

兵馬の剣幕に驚いた門番は、眼を白黒させてすぐに奥へ引っ込んだが、それっきり何の音沙汰もない。

倉地の話によれば、当主の恩出井将近は、すでに余命いくばくもないと言われている。末期養子の願いが認可されるまでの時を稼ぐため、存命のごとく装ってはいるが、実はすでに死去しているという噂さえあるほどだ。

将近が死んでいるとしたら、生前に兵馬とどれだけ親疎(しんそ)の仲だったのか、証人はだれもいないということになる。そうなれば嘘を押し通して、無理やり邸内に乗り込めばよい。

将近がまだ生きていれば、空々しい兵馬の嘘に、烈火のごとく怒るだろう。あるいは門内に引き入れて、無礼討ちにしようとするかもしれない。

いずれにしても、門は開くはずだ、と兵馬は踏んでいた。しかし邸内では少しざわめく気配がしたものの、閉ざされた門はぴくりとも動かなかった。

次の手を考えるべきか、と兵馬が強攻策に移ろうとしたとき、長屋門の脇にある潜り戸が開いて、こちらに参られよ、と邸内に招き入れられた。

通用門を入ると、右手に独立した用人屋敷、左手には小者たちが住む長屋があって、少し離れた正面の式台までは、滑らかな岩肌をもつ敷石が並んでいる。

水の匂いがする、と邸内に入った途端に兵馬は思った。

邸内の坪庭は、目隠しの黒板塀で囲まれていて、玄関先からは邸内の全容を窺うことはできないが、式台の奥に続く広い中座敷と、長い畳廊下の向こうに連なっている奥座敷の庭には、かなり広大な池があるに違いなかった。

将門の遺児夜叉丸が、怨泥となって生き延びたという伝説をもつ不思議な一族の邸内には、巨大な池こそがふさわしいのかもしれなかった。

当主の将近とは昵懇の間柄という触れ込みなので、兵馬は用人部屋ではなく、中座敷の奥にある客室に通された。

式台を上がったところで、そぼろ助廣の大刀を預けてしまったので、兵馬が身を護るものは腰刀一本しかない。

もっとも兵馬の刀技は、一瞬にして勝敗を決する『走り懸かり』にあるので、狭い室内の斬り合いには、むしろ腰刀の方が有利だった。

兵馬が腰を下ろしてからしばらくすると、物腰の穏やかな初老の男が入ってきた。

「拙者、当家の用人頭をつとめる、沼里九右衛門と申す」

尋常に挨拶されて、喧嘩腰で乗り込んできた兵馬の方が、むしろうろたえてしまった。

「拙者はさる藩を浪人いたした、鵜飼兵馬と申す。恩出井将近殿とは多年の昵懇でござってな、是非お聞きしたいことがあって参上いたした」

「主人からは、お手前の名を聞いたことはござらぬが、どのような関係でござろうか」

九右衛門は実直そうな口調で問いただした。

兵馬の言い分を疑っているらしい。門外で小半刻も待たされたのは、そのあいだ邸内では兵馬の吟味が行われていたからであろう。

しかし、疑わしいと判断した兵馬を、わざわざ邸内に入れ、客室にまで通したのは、どういうつもりなのか。

「そこもとが御存じないのは当然じゃ。将近殿と拙者は、いわば世間で言われるところの悪仲間でな、とても御家来衆に公言できるような間柄ではござらぬ」

兵馬は苦しい弁解をしながら、もし将近がこれを聞いたらただですむはずはない、とさらに挑発するかのように付け加えた。

「一度などは、この邸内で賭場を開いて大儲けをしよう、などと相談していたこともあったくらいでな」

兵馬の法螺（ほら）を真（ま）に受けたのか、九右衛門は怒りを抑えるかのように、両肩に力を込めて兵馬を睨んだ。

「して、御用件は何でござるか」

九右衛門は切り口上になって言った。

「将近殿ご本人でなければ、申し上げにくい」

兵馬はあくまでも相手を挑発しようと構えている。

「主人は、お会いすることはでき申さぬ」

九右衛門も、見かけによらず頑（かたく）なだった。

「なぜでござる。何かお会いできない事情でもおありかな」

わざと皮肉っぽく言った。

すると九右衛門の態度が一変した。

「お手前は、御公儀隠密として当家に参られたのか」

温厚そうに見えた初老の男は、斬りつけるような鋭い口調で決めつけた。ぴたりと兵馬に向けられた眼は、凄まじいまでの殺気を放っている。

この男が、恩出井家を護る鬼の一族なのか、と兵馬は思わず身構えた。

「お引き取り願おうか。われらを甘くみてもらっては困る。お手前のことを何も知らず、邸内にお入れ申したわけではない。そこもとの素性は割れている。何のために当家へ乗り込んで参ったかもわかっておる。いますぐに帰られるなら、今回だけはお見逃し申そう。しかし、同じことは二度とない、と覚えておかれるがよい」

襖の陰に人の気配がした。すでに鯉口を切って、抜刀している者もいるらしい。

「これはまた、ぐんとお話がしやすくなった。じつは御当家に、小袖と申す娘が参っておるはず。拙者、その娘を迎えに参ったのでござる」

わざとらしい口上を述べながら兵馬は、次の瞬間にどう動くべきかを考えていた。九右衛門との距離なら、兵馬は一飛びで詰めることができる。しかし、もし九右衛門が鬼の一族だとしたら、『走り懸かり』よりもさらに早い抜き打ちが、兵馬を襲ってくることだろう。そのとき腰刀だけで、防ぐことができるだろうか。

それとも逆に飛んで、襖の陰にいる敵を斬るべきか。しかしその中に鬼の一族がいたとしたら、みずから敵の術中に陥(おち)るようなものだ。

「さような娘御は、当家にお預かりしてはござらぬ」

凄まじい殺気をみせた九右衛門が、ふたたび穏やかな声に戻った。

「公儀隠密をつとめるお手前なら、すでに御存じのことと思うが、当家では家督の相続をめぐって取り込み中でござる。いま揉(も)めごとなどを起こしては、当家の存続も危(あや)ういことになり申そう。諸事を穏便に済ませたいという、拙者の心中を察してはくださらぬか」

九右衛門はそう言うと、膝を揃えて改めて座り直し、兵馬に深々と白髪頭を下げた。

「なんと……」

兵馬は意表を突かれ、とっさに二の句が継げなかった。

「当家の由来については、御存じであろうか？」

九右衛門は、実直な顔をして兵馬に訊いた。

「おおよそのことは……」

「ならば家名を守ろうとする、われら一族の執念についても、お聞き及びでござろう」

兵馬は無言のまま頷いた。

「それがしは、当家の江戸家老として、二十余年をこの江戸屋敷で過ごして参った。そのため、江戸の風にも少しは慣れてござる。しかし当家は旗本とはいえ、御先祖の遺風を守ることを、いまも御公儀から許されている特殊な家筋でござっての」

江戸もはじめの頃は、旗本も諸大名のように、それぞれ領地を与えられ、領内から年貢を取り立てて銭に換えていたが、中頃からは面倒な手続きを省き、采地を返上して俸給を受け取るようになった。

米問屋や札差しが、大名や旗本たちの年貢米を金銭に替え、米取引で蓄えた絶大な資金力で、藩政にまで影響を及ぼすようになったのは、その頃からのことだった。

その結果として、旗本や御家人は土地から切り離されて金銭に依存し、武士としての矜持も活力も失ってしまった。

先祖の家督を相続しても、そこから得られる俸祿は関ヶ原の合戦ころからほとんど増減はなかった。それどころか物価の上昇と世の中の奢侈に流されて、いずれの家中でも家計が苦しくなってきている。

旗本や御家人などは、本俸の他に役料が付かなければ、家計のやり繰りもままならず、少しでも利のある役職を獲得するため、上役に賄賂を贈って取り入ることが、武家の才覚、幕臣の常道、と言われるようになった。

「しかし、恩出井家ではそのようなことはなかった」

旗本でありながら領地を望まず、あえて幕府の役職に就くことを欲しなかった。ひたすら三千石待遇の旗本としての格式を重んじ、家名の存続と、夜叉丸から伝わるという将門の血統を守ってきた。

「三千石の直参旗本でありながら、いまも祖先から伝わる怨泥の地を出でず、一族のほとんどは昔ながらの湖沼を住処（すみか）として、数百年来変わらぬ暮らしを続けているのでござる」

沼里九右衛門は一族の来歴を述べ終わると、いきなり兵馬に向かって両手をついた。

「もうしばらくでござる。もうしばらくすれば、当家から提出された末期養子の願いは聞き届けられ、家名の存続が認められるのでござる」

九右衛門は眼をあげると、兵馬の顔をぴたりと正視した。

「それがしは恩出井家江戸家老として、御公儀との折衝に生死を賭けてござる。ばかなことを、とお笑いなさるな。御家の存続には、数百年にわたる怨泥一族の執念がござる。決してわが身ひとつのことではござらぬ」

兵馬は九右衛門の気迫に圧倒された。しかし……。

「もし末期養子が認められぬときは、どうなさるのか」

兵馬の杞憂をよそに、九右衛門は自信ありげに胸を張ると、決然として言った。

「そのようなことは、断じてあり申さぬ」

しかし、御庭番倉地文左衛門がひそかに動き出したのは、恩出井家の届け出には腑に落ちない点がある、と思われたからだろう。

「もしも御公儀から、不審な点を咎められたとしたら、どうなさる」

兵馬がこう言ったのは、九右衛門を攻撃するためではなく、むしろ水郷の湖沼に生きている怨泥一族への同情からだった。

「もし不審を抱かれるようなことがあれば、その根を徹底して断つだけでござる」

それが葵屋の番頭をはじめ、一連の密偵殺しをしてきた理由なのか。

「しかし、どれほど人を殺してみても、噂の出どころまで断つことはできませんぞ」

たとえ数百年にわたる執念が結晶した結果とはいえ、家名存続のためには殺人をも辞さない怨泥一族のやり方は、間違っていると兵馬は思った。

「どれほど無理があろうとも、あらぬ噂は永久に封印されねばなりません」

葵屋吉兵衛が、どのような噂を流したかは知らぬが、それが密偵たちの殺された理由だとしたら、あまりにも理不尽というほかはないだろう。

「数百年にわたる執念と、家名を存続するためであれば、どのような手段を用いても、恬として恥じぬと申されるか」

兵馬の声は怒りに震えていた。先ほど感じた怨泥一族への同情はもうなかった。

「すべての責めは、それがしが負い申そう。老いの身を捨てることに未練はござらぬ」

逃げ口上だ、と兵馬は思った。

「そこもとが死ねば、すべてが帳消しにされると思われるのか」

あまりにも安易すぎる、と兵馬は憤った。

「そうは思っており申さぬ。ただし、あらゆる罪業を一身に負う覚悟がなければ、何事もなし得ぬ、と思うばかりでござる」

九右衛門は、生きながら業火に焼かれているかのように、がっくりと肩を落として苦悶の表情をしたが、身内から沸いてくる闘志が、少しでも衰えをみせたわけではなかった。

三

「先生。無事でしたかい」

恩出井家の江戸屋敷を出たところで、兵馬は背後から低い声で呼びかけられた。

「喧嘩出入りと聞いて駆けつけてきたが、ひとりで無茶をしちゃあいけねえよ」

岡っ引きの駒蔵が、いつになく緊張した顔をして立っていた。

「無事に出られたからよかったようなものの、開(あ)かずの屋敷と呼ばれている恐ろしいところだ。邸内へ入り込んだら最後、出てきた者はいねえと言われている魔所だぜ」

駒蔵がこれほど怖(お)じ気(け)づいたことは、これまでになかった。

「この屋敷の由来を、知っているのか」

兵馬は何も知らず邸内に乗り込んだが、このあたりには恩出井屋敷につきまとう物騒な風説が流布(るふ)しているらしい。

「権現様の裏にある、薄気味悪いところだ。こんな化け物屋敷と、あまり係わりになりたくはねえな」

駒蔵がなかなか語ろうとしないので、兵馬はとっさに揺さぶりをかけてみた。

「葵屋の密偵を殺したのはこの屋敷の者だ」

駒蔵の細い眼が、張り裂けそうなほど見開かれた。

「なんだって？　魔所から鬼が出たって言うのかい」

駒蔵は恐ろしそうに身を縮めた。

「と思って、乗り込んでみたのだが、確かな証拠もないので引き上げてきたのだ」

証拠といえるほどのものを、ここで確かめたわけではなかった。

「なんでえ。脅かしっこなしですぜ」

兵馬の悪い冗談と知って、駒蔵はほっとしたように胸をなでおろした。

「だが、お蔦という女をめぐる情痴沙汰に、薄気味の悪い旗本屋敷までがからんでくるとなりゃあ、ことは益々めんどうになってきたぜ」

密偵殺しを追って、関八州を調べまわった駒蔵は、葵屋吉兵衛が襲われた一件を、ひとりの女をめぐっての情痴沙汰と決めつけている。

「駒蔵親分は、この件から手を引いたのではなかったのか」

緊張から解かれたはずみで、兵馬はがらにもない軽口を叩いた。

「てやんでえ。先生が来てくれと言うから、応援に駆けつけてやったんじゃねえか」

駒蔵もほっとした反動で、むきになって怒りだした。

「御親切なことだな」

兵馬は笑った。

「拙者はこれから房州にゆくが、親切ついでに案内してくれぬか」

「じゃあ、手掛かりがつかめたんですかい」

いま怒っていたことも忘れて、駒蔵はすぐに身を乗り出してきた。

「江戸屋敷では埒が明かぬ。これから本拠地に乗り込もうというわけだ」

兵馬は九右衛門との折衝をできるだけ粘ってみたが、結果として、江戸屋敷には小袖がいないと見極めをつけた。

勘のよい小袖のことだ、邸内のどこに監禁されていようとも、わざと大声で九右衛門に詰め寄った兵馬の声を、聞きつけなかったはずはない。

兵馬が救出のために乗り込んできたと知れば、小袖は必ず巧い方法を思いついて、兵馬に自分の居場所を知らせようとするだろう。

小袖が一声叫べば、兵馬がその声を聞き逃すはずはない。たとえ声を立てられなくとも、小袖が身動きしただけで、兵馬はそれと知ることができるだろう。

兵馬と沼里九右衛門との対座は、ほぼ一刻にも及んだが、襖の向こうで抜刀していた数人を除けば、邸内は森閑として人の気配はなかった。

江戸屋敷にいた恩出井家の人数は、ことごとく怨泥の地へ向かったのではないか、と兵馬は思った。

御公儀から末期養子の認可が下るのを待っている沼里九右衛門の他は、江戸屋敷へ養子を迎える準備のために、郷里へ帰ったのかもしれなかった。

三千石待遇の旗本といえば、幕府によって定められた陣立てには、侍十人、数弓（かずゆみ）二人、鉄砲三人、槍持五人、槍持手替（てがえ）一人、甲冑持二人、甲冑持手替一人、立弓一人、長刀一人、馬印二人、草履取一人、挟箱持二人、挟箱持手替一人、雨具持一人、馬の口取り四人、沓箱持二人、押足軽三人、二騎の口取二人、若党二人、具足持二人、槍持二人、箭箱一人、玉薬箱一人、小荷駄四人、あわせて五十六人の家来を召し抱えていなければならない。

豊臣家が滅亡し、徳川家が天下を制した元和偃武（げんなえんぶ）（一六一五）以降、弓は袋に納められ、合戦の陣立てはすでに過去のものとなったが、大名旗本の格式を維持してゆくためには、平時においても、家来の人数を削るわけにはいかなかった。

しかも恩出井家では、数百年にわたって命脈を保ってきた怨泥一族を抱えている。三千石の旗本の陣立てに数倍する家来がいたとしてもおかしくはない。

それなのに江戸屋敷の中には、不思議なほど人の気配がなかった。一刻が過ぎた頃になると、兵馬は小袖がいないことを確信せざるを得なかった。

「今日のところはお帰りいただこう。しかしこれ以上は、当家に関与なさらぬ方がよい」

沼里九右衛門は兵馬に退出を促すと、律義にも式台で預けたそぼろ助廣を返してくれた。

兵馬を公儀隠密と知って、穏便に取り扱おうとしているらしい。末期養子の認可を前にして、つまらぬいざこざを避けようというのだろう。

当主の恩出井将近は、すでに死んでいるのだ、と兵馬はそのとき確信した。いかにも殺伐とした邸内は、とうてい人が住むところとは思われなかった。

小袖を拉致したのが怨泥一族だとしたら、すでに主を失った江戸屋敷に置くはずはない、と兵馬は思った。

こうなれば怨泥一族の本拠地に乗り込んで、小袖を奪い返さねばならぬ、と兵馬は九右衛門と対座しているときから考えていた。

九右衛門が最後に一言、釘を刺したのは、兵馬の意図を読み取ったからに違いない。

「というわけで、拙者は房州からさらに北へ向かい、怨泥一族の本拠地までゆこうと思っている」

池之端（いけのはた）の蕎麦（そば）屋に入ると、兵馬は蕎麦をすすりながら、目明かしの駒蔵にこれまでのいきさつをかい摘まんで話した。

「明日の早朝に江戸を発つ。明け六つ頃には亀戸（かめいど）天神の境内を通るだろう。駒蔵親分はどうする？」

「どうするって、おめえ。そこまで言われて、一緒に行かねえわけにゃあいくめえ。最近は先生も人が悪くなったぜ」

「これから拙者は富沢町に行って、葵屋吉兵衛を見舞おうと思うが、親分はどうする？」

「気の毒な町人を脅して、軍資金の調達かい。もちろん行かなきゃ旅費が出ねえ。これから取り掛かるのは命懸けの仕事だ、たまには豪勢な旅をしてえやな」

「そのまま冥土（めいど）の旅になるかもしれぬぞ」

「はばかりながら、花川戸の駒蔵は、命よりも名を惜しむ男よ。やっと守りから攻めに転じたからには、最後まで見届けなきゃ気がすまねえ」

「ただ見届けるだけか。虫のよい奴だな」

「いくさの方はお武家の専門だ。先生、しっかりやってくんな」

口の軽さとは裏腹に、駒蔵はめずらしく緊張していた。兵馬から聞いた鬼の一族のことが、いつになく不安をかき立てているのかもしれない。

兵馬がみたところ、江戸屋敷に鬼の一族はいなかった。ほんの一瞬だけ、沼里九右衛門がそうなのではないかと思ったが、やはり違う、と兵馬は見極めている。襖をへだてて抜刀していた連中にも、鬼というほどの腕をもつ者はいなかった。

江戸屋敷にいないとすれば、鬼は怨泥の地にいるに違いない。

四

葵屋吉兵衛は、床の上に起き上がれるほどには回復していた。

「ひどいじゃありませんか。あれからあたしは、檻の中にほったらかしですよ。この前の晩には、殺し屋がすぐ近くまできたんです。あたしゃ生きた心地もしませんでしたよ」

兵馬の顔を見るなり、吉兵衛は溜まっていた恨み言をまくし立てた。

「それに比べたら駒蔵親分は、毎日のように見舞ってくださる。よっぽど人情というものがおありですよ」

「こちらへ顔を出せば、小遣い稼ぎになるからな」

兵馬はそっ気なく厭味を言うと、これまでのいきさつを手短に説明した。しかし殺しの背景を知ったことで、吉兵衛の不安はかえって増したようだった。

「そのようなわけで、旅費や手当として、百両ほどいただきたい」

さりげなく切り出されて、吉兵衛は渋った。

「そう出費ばかりが重なっては、お店が傾いてしまいます。お金がまわってこその商売でございます。余分なお金があればすべて仕入れに使います。先生に差し上げられるのは、せいぜい奮発して二十五両というところですね」

「それはなかろう。駒蔵の半額しか出さないというのは酷すぎるぞ」

「お働きによります。親分は汗を流し、足を棒にして、江戸から房州にかけて聞き込みをして来られたが、先生はあたしを檻に閉じ込めたなり、顔もお見せになりません」

殺し屋は江戸にいないと聞いて、吉兵衛は幾分かほっとしたらしく、また従来の吝嗇に戻っている。

「おぬしが生きていられるのは、この檻があるお陰だぞ。恨み言をいうのは筋違いだな」

吉兵衛が財布の紐を緩めないので、兵馬は意地悪く脅しをかけた。

「葵屋をねらっている殺し屋は、鬼の一族といわれる剣の達人だそうだ。拙者もわずか切り餅ひとつで死にたくはない」

兵馬は裾を払って立ちあがると、右手に持っていたそぼろ助廣を左腰へ差し替えて、悠然と席を蹴った。

「待ってください」

葵屋吉兵衛は青くなった。

「出しますよ。出しますから、もう一度お座りになってくださいよ」

こうして吉兵衛からまんまと百両をせしめると、兵馬は手代の松吉に事後の防備を託して葵屋を出た。

「先生も悪くなったぜ」

富沢町の小路を出ると、駒蔵は口元に薄ら笑いを浮かべながら言った。

「そうらしいな。駒蔵のやり口をみているうちに、ずいぶんと悪いことを覚えたようだ」

「しかし、ゆすりにも道義ってものがあらあな。可哀想な町人を脅しちゃいけねえ」

そう言いながらも、駒蔵は半金の五十両を平気で受け取っている。前金の五十両と合わせれば、兵馬と同額をせしめたことになる。

「拙者はもう一カ所、立ち寄るところがある。それでは明朝の明け六つ時に、亀戸天神で会おう」

汐見橋まで来ると、兵馬は橋のたもとに駒蔵を置き捨てるようにして、通油町（とおりあぶらちょう）を西へ向かった。

「夜遊びを過ごして、約束に遅れねえようにしてくだせえよ」

捨てぜりふを残すと、駒蔵は未練ありげな足取りで東へ向かった。汐見橋から横山町へ出て、そのまま道なりに進めば、にぎやかな両国広小路に突き当たる。

兵馬は大丸新道から瓢箪新道に入り、堀留町、伊勢町を通り抜けて、室町三丁目の浮世小路にある喜多村に入った。

「お久しゅうございます」

喜多村では兵馬の顔を確かめると、いつものように奥の離れへ通した。それから四半時もしないうちに、倉地文左衛門が駕籠を急がせて乗りつけてきた。

「よく帰してもらえたな」

倉地は上機嫌で言った。兵馬が根津権現裏の恩出井屋敷に乗り込んで、江戸家老と対面したことを、すでに知っているらしい。

「もう一つ確かめたいことがあって、わざわざ御足労願ったのです」

兵馬は倉地の顔を、真っ正面から見据えて言った。

「末期養子の件であろう」

何も言わないうちから、倉地は兵馬の疑念を見抜いていた。

「さよう。御公儀では、恩出井家のどのようなことにお疑いを持たれているのか、正直なところをお聞かせ願いたい」

恩出井家が将門以来の血統を誇るなら、ただ形のうえで家督を相続することだけが目的ではないはずだ、と兵馬は思った。

相続者は、正しく将門の血統を受け継ぐ者でなければならない。末期養子を取るといっても、正統からはずれた者を選ぶはずはない。そのことには異常なまでの執着をみせるはずだ、と兵馬は思っている。

「じつは、当主の恩出井将近については、とかくの噂があってな」

やはり倉地は、御庭番として怨泥一族を調べていたのだ、と兵馬は思った。

「恩出井家の正嫡、ということになっているが、どうやら庶出子の疑いもある」

別にめずらしいことではない。正妻に子がなければ、妾腹の子を当主に据えることは、どこの家中でもしているし、家督を存続させるためなら、後継者はただの名目人にすぎず、場合によっては血縁である必要さえない。

しかし恩出井家においては、だいぶ事情が違ってくる。将門の血統を伝えているということが唯一の誇りであって、それだけが怨泥一族の支えなのだ。

「先代の恩出井将成も病弱であった。将成には、ほとんど同時に生まれた、正室の子と妾腹の子があったが、ふたりがまだ成人に達しないうちに当主の将成は病没した。正室の子が家督を継いで、恩出井将近と名乗った。いまから十年ほど前のことだ」

「それならば、何も差し障りはございますまい」

「ところが、正室の子は女子で、妾腹の子が男子であった、ということが後になって知れた。妾腹の子を嫡出と偽ったことは咎められるべきだが、家督を継ぐにあたってはどこの家中でもしていることだ。御公儀からは特にお咎めはなかった」

へたにこじれたら御家騒動にもなりかねないが、家中で無事に収まればそのまま黙認されて、廃絶や減俸の対象にはならない。

「先代の将成は嫡出の娘に養子を取って、そちらに家督を継がせようとしていたらしかったが、養子願いを出そうという直前になって、正室の娘が突然行方不明になった。そこで急遽、妾腹の子を正嫡に直して家督を相続させたわけだ」

行方不明になったというその娘は、一体どこへ消えたのか、と兵馬は思いをめぐらせた。そして、消えたのはみずからの意志なのか、あるいは何者かによって拉致されたのか。

「もし正室の娘が生きているとしたら、いまはどのくらいの年齢になりましょうか」

兵馬の脳裏には、さまざまな過去の情景が錯綜していた。あの女と逢ったのはその頃のことではなかったか。年の頃が一致していれば、あるいは……、ということもあり得る。

「御息女は当主の将近と同い年と申すから、もし生きておれば、いま頃は二十六、七の年増盛りになっているはずだな」

お蔦に違いない、と兵馬は確信した。

八年前に蛞蝓長屋から消えたとき、お蔦はハタチにはなっていなかったはずだ。生まれて間もない小袖を抱えていたが、まだ娘盛りといってもよい年頃に見えた。はじめての遠国御用に赴いた日の早朝、お蔦は寝乱れた姿のまま、熱い吐息とともに、兵馬の耳元に囁いた。

あたしは水のあるところから来たの、そして水のあるところへ帰ってゆくわ。樹が茂って、泉が湧いて……。

いまになってようやく兵馬は覚った。

兵馬との別れを予感したお蔦の睦言は、怨泥一族の娘であることを告白する別離の言葉であったのだ。

「どうしたのだ。気分でも悪いのか。それとも何か思い当たることでもあるのか」

兵馬の表情が急変したのを見た倉地は、驚いて声をかけた。兵馬はものに憑かれたような、虚ろな眼をしていたに違いない。

「何ともござらぬ。それよりは先を続けてください」

兵馬はすぐに気を取り戻して言った。八年前の記憶が突然によみがえり、しかもそれが、いま直面している事件と密接に繋がっている。

名状しがたい衝撃が、兵馬を直撃した。

お蔦が恩出井将成の息女だとしたら、まったく違う方向から進められていた駒蔵の聞き込みと倉地の調べが、ここではじめて重なり合ったことになる。

「先代の将成は、生前から養子を定めていて、すでに正妻の子と婚姻を結ばせていたらしい。ところが、生まれた子は娘だった。娘の出産を見届けた先代の恩出井将成は、失意のあまり宿痾に倒れたという。その直後に、将成の定めた養子は何者かに殺され、正室の娘はその場から失踪した。十年前に行われた家督相続のときには、恩出井家ではそのような事件が立て続けに起こったらしい」

もしお蔦が恩出井将成の息女だとしたら、生まれたばかりの女児とは、小袖のことにほかならない。しかも小袖の父親は、娘の生誕と前後して殺されていたのだ。

お蔦や小袖は、そのような血なまぐさいところから失踪してきた女たちであったのか、と思うと、兵馬は二人の女に対する、みずからの冷たさが悔やまれた。

「血なまぐさい家督相続からわずか十年後に、恩出井家はふたたび末期養子を取らなければならなくなったわけですか。死後も怨霊となって、数百年のあいだ猛威を振るってきた将門の威力も、もはや衰弱のときを迎えたものとみえますな」

兵馬は鎮魂の気持ちを込めて言ったつもりだが、倉地はそうは取らなかったらしい。

「いやいや、まだそうはゆかぬ。数百年のあいだ恩出井家を護ってきた鬼の一族は、いまだに健在と聞いておる。先代の家督争いのときも、鬼の暗躍にはめざましいものがあったということだ」

しかし、さすがの倉地も、その詳細までは知ることがなかった。

「鬼が遣(つか)うのは邪剣ですか」

お蔦のゆくえを捜していた密偵たちを、見つけ次第に殺していったのは、鬼と呼ばれる一族の仕業に違いない。

しかし密偵たちを殺した理由については、いまもわからないままだ。そこには殺しを楽しんでいるのではないか、と思われるような残忍さを感じる。

兵馬は、怨泥一族の刺客と思われる男が、すれ違いざまに斬りつけてきた鋭い太刀筋を思い出した。

あの男が鬼の一族だとしたら、邪剣としか言いようがないではないか。

「いや、それは違う。怨泥一族が生息している湖沼地帯は、武神として名高い鹿島(かしま)神宮に近い。鬼の一族は、いわば鹿島の剣の正統な継承者と言ってよい」

兵馬は倉地の指摘に、はっとした。怨泥一族が生息しているという湖沼は、将門伝説と鹿島の剣が重なり合うところに位置している。

みずからの武力によって、たちまち坂東八ヶ国を制覇した将門と、関東七流と言われる古武術を伝える鹿島神宮。怨泥一族はそのいずれとも近いのだ。

「当代の鬼は、鹿島新当流の『霞(かすみ)ノ太刀』を得意とし、神技に達したといわれる凄腕の剣客だという。年の頃も二十七、八で、剣士としてはもっとも油が乗り切っている時期だ。これはかなり手ごわい相手となるぞ」

倉地の口ぶりは、兵馬に自重を促しているのか、逆に挑発しているのか、いずれともわからなかった。

兵馬はすでに歳も三十の半ばを越え、剣客としては下り坂に差しかかっていることを自覚している。

弓月藩を出奔して江戸に出た頃には、過剰なほどにもっていた剣の功名とか野心とかいうものに対して、いまは冷ややかな思いしか残されていない。

「さて、怨泥に関する話は、このくらいでよかろうかな」

倉地は、これで一段落したかのように、兵馬の顔をじろりと見た。

「調べられる限りのことは調べたわけですな」

兵馬は倉地に確かめた。

「知るかぎりのことは話したつもりだ」

そう言うと、倉地は痛む足をいたわりながら崩していた膝を改めた。

倉地文左衛門は威儀を正すと、兵馬に向かって厳かな口調で言った。

「改めて、遠国御用を申し付ける」

おかしなことになった。この件に関しては主客逆転ではないか、という気がしたが、兵馬は軽く首を垂れてこれを受けた。

「ただし今回は特例として、怨泥一族が生息している湖沼には、おぬしが単独で行ってもらいたい。怨泥の鬼も怖いが、生憎とわしは歩行がままならぬ身だ。おぬし一人を頼りにしておるぞ」

倉地はにやりと笑った。

「将軍家としては、恩出井家の廃絶を望んでいるわけではない。権現様の遺風を慕って、古い血筋は絶やさぬようにと思っておられる。それは幕閣とても同じことだ。たとえ恩出井家を取り潰したところで、幕府の財政は少しも豊かにはならぬからな」

倉地は皮肉な言い方をして、恩出井家に対する幕閣の傍観を揶揄(やゆ)した。

「わたしに単独であたれと言われるからには、ひとたび遠国御用に出れば、すべての宰領権はわたしにあるということですな」

兵馬は念を押した。

「その通りじゃ」

しかし公儀隠密としては、そのようなことは異例中の異例といえる。

「拙者のやり方は、幕閣方のお気に召さないかもしれませんぞ」

後になって、刺客を送り込まれるようなことはないでしょうな、と兵馬は念を押した。

「その点についても、気にすることはない」

いまの幕閣がそれほど寛容とは思わないが、一応の言質(げんち)を取っておく必要はある。

「しかし、一人だと何かと不便であろう。わしに代わって、弥七を連れて行ったらどうか」

倉地は気遣って言ったつもりだが、兵馬はとっさに反発した。

「わたしにお目付をつけるつもりですか」

「そう尖(とが)るな。今回の一件には、あの男の陰働きが大いに役に立っている。元御庭番荻野弥七に、画竜点睛を加えさせてやれ」

「元の同輩ということで同情されているのはわかりますが、拙者にはあの男の、人を見下したような態度が腹に据えかねるのです」

「弥七は御庭番を免ぜられ、わしの宰領として働いてもらっておるのだ。荻野には屈折した思いや焦りがある。家名再興を願うあの男の気持ちにもなってやれ」

「いわゆる虫が好かぬという奴です」

「それでは、こうしたらどうかな。おぬしは宰領筆頭、弥七は次席。おぬしが命令して、弥七は従う。その逆はない」

「そういうことではないのです」

「いいから連れて行ってみろ。役に立つ男であることがわかるぞ」

倉地はめずらしく弥七との同行を譲らなかった。

五

亀戸天神を出てしばらくゆくと、普門院の脇を過ぎたあたりから、見晴らしのよい田園風景が広がっていた。

刈り入れが終わった田圃のあちこちには、稲穂を収穫したあとの干し藁が、塔のように高々と積みあげられている。

枯れ草が刈り取られた晩秋の田圃道を東に向かいながら、兵馬は無言のまま歩を運んできた同行のふたりに提言した。

「この取り合わせは、どう見ても怪しい。目立たぬよう離れて歩いた方がよいだろう」

浪人姿の兵馬と、目付きの鋭い目明かし、無愛想な小商人(こあきんど)が一緒になると、いかにも一癖ありげな悪党連れに見える。

「あっしもその方が身軽でいい」

真っ先に駒蔵が賛同した。兵馬が断りもなく連れてきた荻野弥七という男が、はじめから気に食わなかったのだ。

「拙者はもともとそのつもりだ」

弥七は無愛想に応じると、そのまま挨拶もなく先を急いだ。

「小商人の癖しやがって、妙に威張りくさった野郎だぜ」

遠ざかってゆく弥七の後ろ姿を見送りながら、駒蔵はいまいましそうに毒づいた。

「大きな声では言えぬが、荻野どのはもと御庭番をつとめていた公儀隠密なのだ。気に障ることがあっても、多少のことは我慢してやれ」

兵馬は遠国御用のまとめ役として、一応は二人の仲を取り持ってみた。

「お務めをしくじって、密偵に身を落としたドジな野郎かい」

駒蔵の罵詈があまりにも露骨なので、兵馬はその気もないのに弥七の肩を持った。

「あれでも、なかなか腕利きの隠密で、調べは緻密でそつがないという話だ」

「しかし、こういった情痴沙汰の調べには、いちばん向いていねえ男だぜ」

駒蔵はなぜか弥七を嫌い抜いている。元御庭番を鼻にかけ、小商人の身なりをしているくせに、拙者、などと厭味ったらしい侍言葉を使うところが鼻持ちならないのだ。

「それに比べたら、先生は気取りがなくていい」

駒蔵はめずらしく兵馬を褒めた。

「いくらおだてられても、あの男と比べられたのでは嬉しくないな」

兵馬は憮然として言った。

「そら見ねえ。それが本音だろうよ。あの手合いは、誰にだって嫌われるぜ」

「しかし可哀想な男だな。人に優れた能力を持ちながら、それゆえに誰からも好かれることがない」

その点では兵馬や駒蔵も、弥七と同じ穴のムジナかもしれなかった。だれも喜んで闇の世界に生きる者はいない。所詮は嫌われ者の吹きだまりなのだ。

とりあえず常陸(ひたち)の取手(とりで)で合流することにして、三人の男たちはたがいに反目し合いながら、水戸街道を東へ向かった。

松戸から小金(こがね)をすぎ、下総の北辺に近い我孫子(あびこ)へ近づくにつれて、水の気配は濃厚になった。

「だんだんと、怨泥の地へ近づいてゆくような気がするぜ」

駒蔵は薄気味悪がったが、澄み渡った秋空は果てもなく広く、風景は抜けるように明るく、おどろおどろしい響きを持つ怨泥の地へ、近づいてゆくようには思われなかった。

好天に誘われて、日暮れまでには我孫子の宿へ着いた。

「あの水たまりは大洪水の跡かな」

沈みゆく夕陽をはじいて、ほの白く光っている水の広がりが見えた。残光の中に取り残された鏡面のような明るみを指さして、兵馬は傍らにいた駒蔵に訊いた。

「わかっちゃいねえな。あれは手賀沼といって、水妖が住むと言われているところだぜ」

駒蔵はほんの二三日前に、密偵殺しの聞き込みに駆けずりまわったばかりなので、このあたりの地理に詳しかった。

「ここでも殺しがあったのか?」

兵馬に言われて思いあたったのか、駒蔵はふと怪訝そうな顔をして呟いた。

「手賀沼に殺しはなかったが、そう言われてみれば、お蔦を捜していた密偵が殺された場所は、てえげえ水とかかわりがあるぜ」

そうか、と言ったなり、兵馬は急に黙り込んだ。そのまま何かを考え込んでいるらしく、駒蔵が話しかけても耳を傾けようともしない。

「なんでえ、なんでえ。薄気味が悪いぜ」

駒蔵はぞっとした。向き直った兵馬はまるで人を斬るときのような顔をしている。

「恩出井家は、鬼の一族に護られているというが、当代の鬼と言われる男は、鹿島新当流の遣い手だと聞いている」

兵馬は低い声で、駒蔵の話とは脈絡もないことを言い出した。

「カシマだかヤシマだか知らねえが、先生には無外流『走り懸かり』があるじゃござんせんか。しっかりしてくだせえよ」

駒蔵としては、気落ちしている相棒を励ましたつもりだが、兵馬はいつになく浮かない顔をして続けた。

「その男は、鹿島神宮に伝わる『霞ノ太刀』を遣うと聞いていたが、どうやらそれだけではなさそうだ」

「だから、先生の得意とする『走り懸かり』で……」

さらに威勢をつけようとした駒蔵を遮って、兵馬は吐き捨てるように言った。

「怨泥一族を護るという鬼の剣に『走り懸かり』は通用しないのだ」

駒蔵はわけがわからず、八つ当たりに兵馬をなじった。

「てえと、なにかい。先生の腕じゃあ、そいつに歯が立たねえって言うんですかい」

わめき散らす駒蔵にかまわず、兵馬は暗い声で言った。

「両国橋の下で溺死体となっていた葵屋の番頭をはじめ、お蔦捜しに出た密偵たちが斬られたのは、いずれも水の中だった。怨泥一族は沼地での刀術を得意とするらしい。水の中では足さばきが鈍って、一気に寄せる『走り懸かり』は遣えない」

兵馬は不機嫌そうに言い切ると、わずかに残った手賀沼の照り返しを見つめたまま、いつまでも黙り込んでいる。

六

満々と水を湛えた大河が、めくるめく光の束のような輝きを放って、兵馬の眼前に広がっていた。

広大な流域に沿って、眼路のかぎり続いている枯れ葦原は、気まぐれな突風が吹きすぎるたびに、黄金色の裏葉をなびかせて、ゆったりと波打っている。

「これが大利根の流れか」

我孫子で一泊した兵馬は、ふたたび気力を取り戻していた。しかし駒蔵の方はそうはいかなかった。

たとえ怨泥一族の根拠地に乗り込んだとしても、頼みの兵馬が斬られたのでは話にならない。

駒蔵としては、わざわざ死地に赴くような愚は犯したくなかったが、吉兵衛から受け取った百両の手前もあって、このまま江戸へ逃げ帰ることもできなかった。

「大利根を渡れば取手の宿だ。弥七は我孫子にはいなかったから、たぶん先まわりして取手で待っているのだろう」

あんな奴のことは、どうでもいいじゃねえか、と言いたかったが、駒蔵は喉元まで出かかった罵詈雑言を、かろうじて飲み込んだ。

小商人に扮している荻野弥七は、いまは兵馬と同格の宰領として働いているが、もとは有能な御庭番だったという。

兵馬の『走り懸かり』が通用しなければ、公儀隠密をつとめてきた弥七の隠し技に期待する他はない、と思い直したのだ。

気に食わない奴だが、味方としてはかえって頼りになる男かもしれない。駒蔵は強いてそう思うことで、昨夜来の不安を打ち消した。

坂東太郎と呼ばれる利根川は、水量が豊かで川幅も桁外れて広い。渡し場には下総から常陸に向かう客を待って、裸の川越え人足たちがたむろしていた。

岸辺には川越え客が泊まる旅籠が並び、渡し場は順番待ちをしている老若の旅人で賑わっていたが、兵馬はなぜか岸伝いを下流に向かって歩いてゆく。

「おい、おい。行く先が違うぜ」

駒蔵はあわてて呼び止めたが、兵馬は見返りもせず先へ進んだ。

「どうするつもりだえ?」

やっと追いついた駒蔵が、荒い息を吐きながら詰問すると、

「この川を歩いて渡るのだ」

兵馬は無謀なことを言って、平然としている。

「冗談じゃねえ。つまらねえことにケチケチするんじゃねえよ。軍資金はたっぷりせしめてあるんだ。裸人足の肩車では気色悪けりゃ、奮発して輿に乗ったっていいんだぜ」

駒蔵は兵馬の貧乏人根性に腹を立てた。

「そうではない」

兵馬は口元に微笑を浮かべた。

「この先には、怨泥一族との出会いが待っている。水の中での足さばきに、少しでも慣れておく必要があるのだ」

駒蔵はだらしなく顔を歪めたが、残念なことに笑顔にはならなかった。

「水は冷てえぜ」

当たり前なことを、ぼそぼそと呟いている。

「もうすぐ冬になるからな」

兵馬はつかつかと歩み寄ると、めずらしく駒蔵の肩を親しげに叩いた。

「その冷たい水の中にひそんで、数百年という歳月を耐えてきた一族があるのだ」

恩出井の当て字が先か、怨泥を当てたのが元かはわからないが、坂東一帯の山野から流れ下った水が集まる広大な湖沼地に生息し、みずからをオンデイと呼んだ一族がいた。

水妖の民と言ってよいだろう。

「そんな言い伝えがあてになりますかい」

駒蔵は突き放した言い方をした。

「信じてやってもよいのではないかな。お蔦は生まれたところへ帰っていったのだ」

兵馬は穏やかな口調で言った。

「女をめぐる情痴沙汰に、これから先生も加わろうって言うんですかい」

こいつは心外だ、という顔をして、駒蔵はそっぽを向いた。

「わたしがどう思おうとも、すでにお蔦をめぐる宿命に似た輪の中に組み込まれているのだ。もはや逃れようはあるまい」

兵馬はあたかも怨泥一族の呪縛に憑かれたかのように、水辺に繁茂している葦原を掻き分けて、冷たい水の中へ、ゆっくりと足を踏み入れていった。

七

対岸まで近づいたとき、手に手に丸太ん棒を持った数人の男たちが、わけのわからない罵声をあげながら、次々と流れの中へ飛び込んできた。

赤銅色に日焼けした褌姿の男たちは、水中での動きが鋭く、たちまち兵馬を取り囲むようにして行く手をはばんだ。

「もう一度、向こう岸に戻ってもらおうかい」

裸の胸に瘤(こぶ)のような筋肉が盛り上がった大柄な男が、太い上腕部を誇張するかのように両腕を組んで、兵馬の前に立ちはだかった。

「その気はない」

兵馬は水の勢いに流されまいとして、両足を踏ん張って答えたが、駒蔵は薄情にも途中の砂州に這いあがって、十手を構えながら男たちのようすを窺っている。

「この野郎。おれたちの駄賃を踏み倒そうってえのか」

川越え人足たちが口々に罵声をあげた。

「おぬしたちに川を渡してもらった覚えはない。踏み倒したとは穏当ではないな」

兵馬がまだ言い終わらないうちに、遠巻きに威嚇していた裸の男たちが、丸太ん棒を振り回して左右から襲いかかってきた。

「これは乱暴な」

兵馬は前後に身を躱して男たちの攻撃を避けたが、水に濡れた着物が重くて、いつものような動きが取れない。

「足だ。足をねらえ」

兵馬の正面にいた屈強な男が叫んだ。気負い立った男たちは、白い水しぶきを蹴立てて兵馬の前後を駆けまわった。水中で跳ねる男たちの動きは、みごとに連携が取れていて無駄がない。

次の瞬間、水に動きを封じられていた兵馬が、調子に乗って接近しすぎた男の胸元に手刀を入れた。

男は鳩尾を押さえて膝を崩し、大袈裟な水しぶきをあげて流れの中に倒れ込んだ。

「野郎、やりやがったな」

眼の前で仲間を倒された男たちは、逆上して兵馬に襲いかかった。丸太ん棒は兵馬の体躯をかすめ、余った勢いで水面に派手な霧しぶきをあげた。

兵馬はほとんど身を動かすことはなかったが、川越え人足たちのすばやい動きが、あたかも『走り懸かり』を逆にしたような効果を生んだ。

男たちの襲撃にはわずかな誤差がある。兵馬が向き合うのは常に一人だけだった。しかし、安全な砂州から眺めている駒蔵の眼には、一瞬にして数人が薙ぎ倒されたとしか見えなかった。

水面に立ちこめていた凄まじい水しぶきが消えると、流れの中に立っているのは兵馬ひとりだった。赤銅色に日焼けした屈強な男たちの姿はどこにもなかった。

兵馬は赤く腫れた右手を、水に浸して冷やした。じんじんとした痛みが脳裏にまで走った。このまま刀剣が握れなくなるのではないか、と兵馬は恐れた。

しばらくすると、流れの中から赤銅色の裸が、ぼこりぼこりと起き上がった。さすがに水に慣れた男たちで、そのまま溺死する心配はなさそうだった。

「旦那はひょっとして、水のお頭につながるお人ですかい」

水中から浮かび上がった屈強な男は、先ほどとはがらりと態度を変えて、薄気味が悪くなるほど下手に出た。

「御無礼の段は、ひらにお許しくだせえ」

男は何かを恐れるかのように、平身低頭して謝っている。

「なにとぞ、お頭には内密にお願げえ致します」

乱暴者の川越人足たちを、顎でこき使っていた屈強な男は、水を支配しているというお頭を、異常なまでに恐れていた。

八

「水にかかわる連中がお頭と言えば、それは恩出井家のことに決まっている」

取手宿で兵馬たちと合流した荻野弥七は、川越え人足とのやり取りを聞くと、そんなことも知らなかったのか、と傲慢な口調で説明した。

「つまり、すでにこのあたりまで怨泥一族の支配が及んでいる、ということだ」

兵馬たちの一行は、取手から利根川の河口に向かっていた。

「それに念のために言っておくが、たかが川越え人足相手の喧嘩に勝ったからといって、水妖と言われている怨泥一族に通用するものではないぞ」

弥七は底意地の悪い言い方をして、ずぶ濡れになった兵馬をたしなめた。

「わかっている」

兵馬は短く答えたなり口を噤（つぐ）んだが、駒蔵がそのまま黙ってはいなかった。

「おめえは偉そうに敵の肩ばかりもつが、なにか鬼退治の工夫でもあるっていうのかい」

弥七は薄気味悪い顔をして、にやりと笑った。

「ないこともない」

「へっ、偉そうな口を叩いて。なにか証拠でもあるって言うのかい」

弥七はあたりに鋭く眼を配って、どこにも人影がないのを確かめると、背負ってきた風呂敷包みを枯れ草のうえに下ろした。

「拙者はその方たちに信用がないようだが、特別に秘密の道具を見せてやろう」

弥七は背負ってきた箪笥（たんす）を開けてみせた。引き出しの中には、奇妙な形をした黒光りする鋼鉄製の武器や、漆で塗った木製と思われる珍奇な道具類が入っていた。

「そいつは何でえ」

弥七が勿体（もったい）ぶって取り出した奇妙な下駄（げた）を見て、駒蔵は呆れた顔をして言った。下駄は四隅を革紐でくくられ、輪っかのような木製の円盤に繋がれている。

「これは『水蜘蛛（みずぐも）』といってな、これを履（は）くと水面を自在に歩くことができるのだ」

輪っかの真ん中は空洞になっていて、その部所には革紐で結ばれた下駄が、四隅を吊られた状態で収まっている。水面に浮いた水蜘蛛の脚を真似ているのだろう。

「この輪っかは、厚さ二分五厘、長さ二尺一寸、革紐の蝶番（ちょうつがい）で繋がれているので、四つ折りにして懐の中に隠すことができる」

弥七は革紐の蝶番を動かしながら得意げに説明したが、駒蔵は半信半疑の顔をして、もうひとつの変わった道具を指さした。

「じゃあ、そいつはなんでえ」

同じ木製の下駄だが、薄っぺらい草履のような形をして、足裏に巨大な魚の尾鰭（おひれ）のようなものが取り付けてある。

「これは『水搔（みずかき）』と申して、これを両足に着ければ、水中でも魚のように自由自在に泳ぎまわることができるのだ」

弥七は水搔きの付いた下駄を裏返すと、尾鰭の付け根をぴらぴらと動かしてみせた。

「この部分にからくりがあってな、水を蹴るたびに尾鰭のような自在の動きをするのだ」

「ほんとうかね？」

駒蔵は容易に信じなかった。

「いざとなったら、そいつをあっしにも貸してくれるのかい」

弥七は『水蜘蛛』と『水搔』を引き出し箪笥に仕舞うと、にべもなく言った。

「駄目だな。これを使いこなすには、血の滲むような厳しい修練が必要だ。その方ごときが使うことはできぬ」

駒蔵は乾いた道にぺっと唾(つば)を吐いた。

「ちぇっ。結局は、いんちきじゃねえのか。気をもたせやがって」

弥七は冷笑した。

「岡っ引きにしては、ものわかりの悪い男だな。その方には冥土(めいど)の飛脚も届くまい」

兵馬はふたりの口喧嘩には関心を示さず、夥(おびただ)しい水の流れを見やりながら、ただ黙々と歩いていた。

水の広がりに際限はなかった。

利根川の流れはゆったりと大地を浸していた。

岸辺には銀灰色の葦原が続いて、水と陸との境界も定かではない。

大利根の流域に開発された田圃は、すでに稲穂を刈り取られて乾いた地表を剝き出しにしているので、浜辺にも似た河床の広がりは、ほとんど無限大のように思われた。

「ところで荻野うじ、このあたりは何というところかね」

利根川も下流域に入った頃になって、兵馬はやっと弥七に声をかけた。

「曲淵(まがりぶち)だ」

弥七は無愛想に答えた。

「では、もと江戸町奉行であった曲淵甲斐の故地だな」

「何を言いたいのだ」

弥七の眼が急に鋭くなったのは、曲淵甲斐の江戸町奉行解任と弥七の失職は、どこかで繋がっているからなのかもしれない。

「このあたり出身の旗本は多い。つまり三千石待遇を得ている怨泥一族の根拠地も近いということだ」

徳川家康が江戸に打ち入りしたとき、これまで小田原の北条氏に頭を押さえられていた土着の武士たちが駆けつけてきた。

家康は新開地に移された上に領地も増えたので、家臣も急に増やさなければならず、東国経営には地元の協力を必要としていた。

この時期に徳川家へ帰参して、直参旗本となった家筋はかなりの数になる。怨泥一族、いや三千石の旗本恩出井家が、特殊な待遇を受けることになったのもそのためだ。

「先生、腕の方は大丈夫ですかい」

駒蔵が心配そうに言った。

元御庭番という触れ込みの、弥七のはったりも頼むに足りないとすれば、やはり兵馬の腕にすがるしかない。

「これから先は聞き込みが勝負だ。弥七と駒蔵は手分けして当たれ。わたしは鹿島神宮に行って、怨泥一族の遣う剣が如何なるものかを見極めてくる」

兵馬は鬼の遣う剣に、真っ向勝負を挑むつもりらしかった。

水妖〈Ⅳ〉

一

境内は深い森の中にあった。

長い参道が、黒々と茂る樹林を真っすぐに貫いていた。

利根川の下流、入り組んだ水路が縦横に走っている水郷を船で渡ると、兵馬は鹿島神宮に参拝して、大枚三両という初穂料を奉納し、鹿島の剣について教えを請うた。

深川蛤町の蛞蝓長屋にいたころは、明日の米さえもない貧乏暮らしに慣れていたのに、葵屋吉兵衛から豊潤な軍資金を預かっているので、兵馬はだいぶ気前がよくなっている。

山吹色の小判を見た神官は、兵馬が請うまま拝殿に導いて、何なりとお教え申そう、と言って笑顔を見せた。

兵馬は神妙な顔をして、鹿島の剣の神髄とは如何(いか)に、と問いかけた。神官は神前に拝礼すると、厳かな声で鹿島の剣の来歴を述べた。

「そもそも鹿島の剣は、千数百年の昔、鹿島神宮大行事大鹿島命の後裔、国摩眞人(くになづのまびと)と申されるお方が……」

神官は一段と声を張りあげた。

「鹿島神宮の境内、高天原(たかまがはら)に神壇を築き、斎戒沐浴して祈禱すること百日、あたかも満願の日に神託を受けて、神妙剣の位を授かった」

しばらく余韻を楽しむかのように一呼吸おくと、神官はおもむろに言った。

「世にこれを鹿島の太刀と申す」

鹿島の神官は、みずから太刀を取って戦国の世を戦ってきた。鹿島の上古流(じょうこ)から中古流(ちゅうこ)、そして当代の鹿島新当流の剣を伝えてきたのは、いずれも鹿島神宮に仕える神官たちであったという。

「それがしも少々は遣(つか)います」

神官はひかえめに言ったが、兵馬の眼からみても、江戸に出れば剣術道場を開けるくらいの腕はもっているだろう。

「ところで、異なことをお尋ねするが、鹿島新当流を学んだ剣客の中で、近ごろ傑出しておられるのはどなたでござろうか」

兵馬はさりげなく話題を転じた。

「さよう」

神官はすこし考えるようにしていたが、

「しかし、あの男を推すわけには参りませんな」

その名を出すことを迷っているようにみえた。

「どなたでござる」

兵馬はその男のことを訊いた。

「剣の腕にかけては、天才といってよいのですが……」

何故か言い渋っている。

「それは奇特なことです。近ごろ剣術はとんと流行りませんからな」

兵馬はそれとなく誘いをかけた。

「あの男と立ち会おうというおつもりなら、やめておかれた方がよい」

神官は兵馬のいで立ちを見て、武者修行中の剣客と勘違いしているらしい。

「何故です？」

「あの男が遣う『霞ノ太刀』は不敗の剣と言ってよい。じつは剣の道においては、それがしの弟子筋に当たりますが……」

神官は照れ臭そうに頭を掻いた。

「三本に一本を、それも引き分けに持ち込めればよい方で、お恥ずかしいことながら、師匠であるそれがしが、あの男の剣にはとうてい及ばないのです」

兵馬は思わず膝を乗り出した。

「そのような名人とあらば、是非ともお目にかかりたいものでござる」

恩出井家を守る鬼の一族に違いない、と兵馬はすぐに目星をつけた。この調子だと、案外はやく、小袖を見つけだすことができるかもしれない。

「おそらく会うことはできないでしょう」

神官は難しい顔をした。

「どうして隠されるか」

兵馬はつい詰問するような口調になった。このままでは、せっかくつかみかけた手掛かりが遠ざかるような気がした。

「いにしえより舟をすみかとして、浮草のような暮らしをしてきた一族だからです」

怨泥一族のことを言っているらしい。兵馬の勘は的中したわけだ。

「せめて、その男の名なりとも、教えていただけませんか」

兵馬は食い下がった。何の手掛かりもなく引き下がるわけにはいかない。

神官はなおも迷っているらしかったが、

「津賀鬼三郎。惜しい男です」

ついにその名を口にした。兵馬はさらに追及した。

「と、おっしゃられると……？」

神官はにわかに憐れむような口調になった。

「鬼三郎は、せっかく天から授かった剣才をもちながら、それを表沙汰にできない宿命をもって生まれてきた男なのです」

その男が鬼三郎と名乗るからには、怨泥一族の宗家を護るという鬼の一族に違いない。兵馬はほとんど確信した。

「これは初めてお聞きする」

わざと驚いてみせた。人のよい鹿島の神官は、兵馬に気を許したらしかった。

「鬼三郎の悲劇はそれだけではないのです」

そっと囁くような声で言った。

「悲劇ですと？」

兵馬は思わず問い返した。神官はしばらく躊躇しているようにみえたが、思い切って口にした。

「恋してはならぬ女人を恋してしまったのでござる」

意外だった。剣の天才と言われる鬼の一族が、禁断の恋に身を焼いているとは。

「いや、これは。剣術談義が、とんだ方向に外れてしまいましたな」

神官は苦笑いをして話題を戻した。

「そもそも鹿島新当流には、面の太刀として、一の太刀から六の太刀、それに相車、突身、柴隠など、十二ヶ条の組太刀がござる……」

神官は神妙な顔をして流儀の説明を始めたが、兵馬はほとんど聞いてはいなかった。津賀鬼三郎が遣うという『霞ノ太刀』が、禁断の恋によってどのような変質を遂げたのか、兵馬の関心はもっぱらその一点に向けられていた。

鹿島新当流は門外不出とされている。神官が兵馬に流儀の初歩を説いたのも、初穂として奉納した黄金三枚の効果であって、いわば例外中の例外と言ってよい。

「中極意として『七条ノ太刀』と『霞ノ太刀』それに『間ノ太刀』がござる」

神官はかなり踏み込んだことまで言っていた。

「いま言われた『霞ノ太刀』とは？」

兵馬は思わず聞き返した。

「先ほどお話し致した津賀鬼三郎の、もっとも得意とする太刀でござる」

神官はさらに付け加えた。

「これは『陰（かげ）』と称される太刀筋にあたります」

鹿島の剣には『陰』の流れがあると聞いていたが、それは怨泥一族とかかわりがあるのではないか、と兵馬はふと思った。

二

「だいぶわかってきたぜ」

駒蔵が威勢よく駆け込んできた。

「葵屋吉兵衛が、お蔦ってえ女のゆくえを捜させたのが、そもそもの発端よ」

もっとも可哀想なのは、斬られた密偵たちか、それをいちいち見つけだして斬った鬼の方か、どちらともわからねえが、と駒蔵はあたりを憚（はばか）るように小さな声で続けた。

「おっと、ここじゃ、あの女の名前は出さねえ方がいい。殺された連中は、あの女のことを大っぴらに尋ね歩いたそうだ。それじゃ殺し屋にてめえの居場所を教えてやっているようなもんだ。斬られたのは自業自得かもしれねえよ」

兵馬は親しくなった神官から特に許されて、鬱蒼とした樹木が生い茂る鹿島神宮の境内で『鹿島ノ太刀』を学んでいた。

近在の子供たちが、一心不乱に木剣を振るっている姿を見ていると、かつて『鹿島七流』と言われた鹿島流剣法の全盛時代を彷彿（ほうふつ）とさせた。

「いまさら、子供たちと一緒に剣術のお稽古かね」

鹿島神宮の境内で、子供たちに交じって汗を流している兵馬を見ると、駒蔵は皮肉たっぷりに厭味（いやみ）を言った。

「なにを言っているのかよくわからぬが、まあ落ち着いて話すがよい」

兵馬は乾いた手ぬぐいで汗を拭うと、風通しのよい木陰へ駒蔵を誘った。

「冗談じゃねえ。こんな薄暗いところにいたら、寒くって風邪を引いてしまうぜ」

駒蔵はうそ寒い木陰から抜け出ると、陽あたりのよいところに座を占めた。確かに風は身を切るほど冷たくなって、いち早い冬の到来を告げていた。

「あの女を捜しに出た密偵たちが殺されたのは、いまから半年ほど前のことだ。つまり半年前に、あの女にかかわった連中を、殺さなければならねえ事情が生じたということだ」

さすがの駒蔵も、今回の聞き込みには身の危険を感じていたという。

「そうじゃあねえかい。半年前に房州の浜辺で密偵のひとりが殺された。あの女のことをしつこく聞き回っていたからだ。あっしはそれと似たようなことをしている。殺し屋に知られでもしたら、どこでバッサリやられるかわからねえぜ」

こりゃあ百両では安かったかな、と言って、駒蔵は恐ろしそうに猪首をすくめた。

「まあ、そのあたりが殺しの発端よ。鬼の一族は密偵たちが聞き込みをしていた場所を逆に辿って、江戸から来たことを突き止めた。そして密偵を送り込んだのが、富沢町の葵屋吉兵衛だと知って、こいつを殺そうと付け狙った。何故かってえと、吉兵衛があの女を囲い者にしていたという過去があるからよ」

駒蔵は岡っ引きらしい鋭い眼で、じろりと兵馬の顔を睨んだ。

「そして先生、あんたもだ」

にやりと意地の悪い薄笑いを浮かべると、

「あの女と寝た男や、あの女の過去を暴きたてようとする男は、口封じのために殺されなければならなかったのさ」

駒蔵は一気に結論までたどりついた。

「殺さなければならねえ理由とは、三千石の直参旗本、恩出井家の家督相続に支障をきたすからだ」

半年前に生じた殺しの理由とは、このことさ、と駒蔵は断言した。

「いまから半年前に、恩出井家の当主が宿痾に倒れた。まだ若いのに、医者にも見離されていたという話だ。それから急に家督相続ってことが浮上してきて、白羽の矢をたてられたのが、吉兵衛が捜していたお蔦というあの女さ」

駒蔵は大袈裟に、胸の動悸を押さえるような身ぶりを繰り返した。

「驚いたぜ。あの女が三千石の旗本の御息女だったとはな。まさかあの葵屋吉兵衛が、大身旗本の姫君を囲っていようとは思わなかったぜ。それを横取りした先生はもっとひでえ悪党ってもんだ。そのことを知った恩出井家の家来たちが、姫様の汚された過去を抹殺しようとして、家督を継ぐことになった姫を抱いた男たちを、殺してしまおうとする気持ちもわからなくはねえ」

兵馬は鹿島の神官から聞いた話を付け加えた。

「しかもその家来が、姫に対して禁断の恋をしていた場合にはな」

駒蔵は驚いて、素っ頓狂（すっとんきょう）な声をあげた。

「どうして、そんなことまで知っているんで」

兵馬はかまわずに続けた。

「鬼の名は津賀鬼三郎という『霞ノ太刀』の遣い手だ。鹿島新当流では当代の天才と言われた剣客だという」

「ぴったりだ」

駒蔵は思わず膝を叩いた。

「色恋沙汰の殺しってえことで、すべてがぴったりと符合するぜ」

すると、どこからともなく、底意地の悪い笑い声が聞こえてきた。

「げすの勘ぐりとは、その程度のものか」

薄暗い木陰に、人の影が浮かび上がった。

「岡っ引き風情の考えることは底が浅い。何でも男と女の情痴で説明して、それで事たれりとする安易さには困ったものだ」

「野郎、弥七だなっ」

弥七の声を聞いた駒蔵は、喧嘩腰になって身構えた。

「小袖という小娘のことを忘れているぞ」

弥七は暗い木陰から明るい陽だまりの中へ、ゆっくりと姿をあらわした。

「その方の聞き込みも、恩出井家の家督相続のところまではたどり着いたではないか。もう一押しで真相に近づけるものを、詰めが甘いから男女のことに終始してしまうのだ」

「おめえのような野暮には、男女のことはわからねえのよ」

今回の聞き込みに自信があっただけに、駒蔵はかなり気分を害していた。

「ところで、荻野うじの調べは、どうであったか」

兵馬は気がせいていた。弥七に指摘されるまでもなく、何を置いても小袖のゆくえを捜すべきなのだ。

「恩出井家の当主は、すでに死亡しているぞ」

弥七は決定的なことを口にした。当主の恩出井将近が死んで、まだ跡目が決まっていないとしたら、将門以来の血統を伝えてきたという、恩出井家の廃絶もあり得る。

「本所入江町から小袖という小娘が誘拐されたとき、恩出井将近の遺骸も女駕籠に乗せられて故地に帰った。そして怨泥一族のしきたりに従って、祖先が眠るという沼の底深く沈められた。拙者はそのことを見届けて参ったのだ」

「見届けたって？　死骸が沈められた沼の底を見て来たのかい」

駒蔵は疑わしそうな眼を弥七に向けた。

「そうだ」

「どうやって？」

「先日、その方らに見せた『水掻』という水中遊泳の道具を覚えておろう。あの尾鰭の付いた下駄を履いて、『怨泥沼（オンディヌ）』と呼ばれている淵（ふち）の水底（みなそこ）に潜水して参ったのだ」

弥七はさして自慢する風もなく、淡々とした口ぶりで語った。

「えっ、あんなものが役に立つのかい」

駒蔵は半信半疑だった。

「じつに壮大な水底の墓場であった。数百年にわたって沈められた怨泥一族の遺骸が、あたかも水藻のように水底にたゆたっている。水中にただよっている遺骸が、微（かす）かな水の動きにも蠢（うごめ）くさまは、あたかも生きているがごとくであった。水底にゆらめく水藻（みずも）と見えたのは、元結（もとゆい）を解かれた長い黒髪であった。深い水底では遺骸は腐ることなく、屍蠟（しろう）となって生前の姿を保っていたのだ」

駒蔵は恐ろしそうに身震いした。

「そんな薄気味悪いところに行ってきたのかい」

背筋が凍るような恐怖に襲われた。

「水底に浮遊している屍蠟の中から、拙者は恩出井将近の遺骸を確かめてきた。間違いなく、恩出井家の当主は死んでいる」

三

鹿島神宮を出ると、兵馬は大枚五両を払って薄汚い小舟を買い、複雑な水路が四通八達している水郷に浮かんだ。

弥七の案内で『怨泥沼』にゆこうと思ったのだ。

「あっしは御免だぜ。水底の墓場なんて恐ろしいものは見たくもねえ」

駒蔵は怖じ気づいて同乗を拒んだが、ひとり敵地に居残るよりは安全なのだ、と説得して無理やり乗り込ませた。

兵馬が『怨泥沼』に行こうと決意したのは、そこがいわば怨泥一族の聖地であり、恩出井家の跡目相続の儀式が、行われる場所だと聞いたからだった。

「恩出井将近の遺骸が『怨泥沼』に帰還してから、明日でちょうど初七日になる。すなわち、恩出井家の跡目を相続する儀式が行われる日だ」

弥七は綿密な調べに基づいて推測を立てていた。

「明日の儀式は、たぶん身内だけで行われる公算が高い。いにしえの跡目の儀には、一族がすべて集まって『怨泥沼』の岸辺を埋め尽くしたと伝えられているが、いまは寂しいものになっているだろう」

「跡目と言ったって、だれが継ぐんでえ。恩出井家の血統には女しか残っていねえって話だぜ」

黙々と艪を漕いでいた駒蔵が、横合いから口を挟んだ。

「そのとおりだ。恩出井家の正統にはもう女しか残されていない。そして、だれが跡目を継ぐことになるのか、当日まではわからないのだ」

気を持たせるような言い方に、駒蔵が突っ掛かった。

「だれがって、おめえ。そんなに後継者がいるのかい」

弥七は勿体ぶらずに答えた。

「ひとりは先代将成の息女津多姫。もうひとりは姫が生んだ小袖という小娘だ」

駒蔵もそのくらいのことは知っている。

「女が直参旗本の家督を相続できるはずはねえだろう」

武家諸法度では、男系以外の相続を認めていない。

「それゆえに難しい。怨泥一族の跡目は御息女が継ぎ、その娘に養子を取ることによって、旗本家の方は男養子が家督を継ぐことになっておるのだが……」

弥七は言いよどんだ。

「そんな回りくどいことをしていたんじゃ、末期養子の嘆願ぐれえじゃあ間に合うめえ。お蔦は呉服商人の妾になって、しかも私生児を生んだ年増女だ。喜んで養子になるような男がいたとしたら、そいつは碌なもんじゃねえぜ。もう一人の小袖坊は、女賭博師にしようと思ったくれえ勘の鋭い娘だが、まだ十歳になったばかりの寝んねだ。いくらなんでも養子を取るには早すぎるぜ」

駒蔵は案外に世間並の考え方をする男らしい。弥七は苦笑した。

「それゆえに、跡目の儀には一族が『怨泥沼』に集まって、神勅を受けることになっている。明日は恩出井家の江戸家老をはじめ、主だった者たちが集まるはずだ。津多姫や小袖はもちろん、津賀鬼三郎も参列するに違いない」

まさか、そこに殴り込みをかけようってのかい、と駒蔵はさすがに尻込みした。

「そいつは物騒だぜ。津賀という男は、鬼の一族と言われる殺し屋じゃねえのかい」

飛んで火に入る夏の虫ってもんだ。桑原〳〵、と駒蔵は逃げ腰になっている。

「しかし、一族の主要な人物がすべて揃うのは明日しかない。その日がすぎてしまえば、浮草のように湖沼をただよう怨泥一族の居場所を、見つけだすことはできなくなるのだ」

弥七は元御庭番らしく度胸がすわっている。

「先生。大丈夫ですかい」

駒蔵は情けない声を出して兵馬を見返った。一面に水が広がっている湖沼の真ん中では、頼るべきものは兵馬の孤剣しかない。

「明日だ」

兵馬は声に出して言った。

明日になれば、避けることのできない鬼三郎との対決が待っている。それなのに意外にも落ち着いていることが、われながら不思議に思われた。

「たぶん明け方から、怨泥一族による跡目の儀が始まるだろう。数百年にわたって伝えられてきた聖なる儀式だ。壮麗な夜明けを迎えることになるぞ」

この湖沼も一衣帯水（いちいたいすい）、利根川の下流域に網の目のように広がっている水路によって『怨泥沼』まで繋がっているという。

おだやかな湖面は夕焼け空を映して、見わたすかぎり黄金色に輝いている。

四

石造りの祭壇は沼地に向かっていた。

苔むした石畳は、歳月をへて青黒く染まっている。

沼に面して造られた祠は、繁茂する雑草に覆い隠されていた。

祭壇の中央には、かつて『怨』の一字が刻まれていたというが、長い歳月のあいだに風化されて、いまはもう如何なる文字もとどめてはいない。

石畳は露天の回廊のような造りで、幅が六間、長さは二十間にわたって、城郭の石垣にも似た精緻な石組みが施されている。

雑草に覆われた石の祠は、あまりにも小さすぎて、立派な石畳の添え物くらいにしか見えなかった。

祭壇は沼に突き出した望楼のような造りで、昔は石造りの壇上に犠牲の獣たちを載せたと伝えられている。

石畳は沼地に向けてわずかに傾斜し、そのまま祭壇に進めば、真っすぐに沼の中へ沈み込んでゆくような角度がつけられている。

これは『怨泥沼』そのものが巨大な神殿であり、石畳は神殿へ参籠するための廻廊と見立てればわかりやすいだろう。

石の祠はただのめくらましにすぎない。石造りの祭壇は『怨泥沼』と陸地との境界であり、そこに額づいて神殿に祈るための礼拝所とみた方がよい。

「ここが、われら一族の聖なる場所でございます」

水干（すいかん）姿になった沼里九右衛門が、小袿（こうちぎ）を着けた少女に『怨泥沼』の由来を説明している。

少女は緋色の長袴を引きずっているが。それは少女が小柄だからではなく、着ている装束が裳裾を引く平安王朝風のものだからで、髪は髷（まげ）に結わず梳き流して、背まで覆う垂髪（たれがみ）にしている。

まだ夜は明け切っていない。沼の色は重く沈んで、ほとんど光を映すことはなかった。沼の対岸には濃霧が渦巻いて、夜の気配は頑迷に跡をとどめていた。

少女の傍らには二十五、六歳の臈（ろう）たけた女人が、これも緋色の長袴を着け、小袿を羽織り、垂髪を肩に滑らせた、妖艶な姿でたたずんでいる。

臈たけた女人は、青の小袖に薄色の小袿を重ねた紫苑（しおん）の襲（かさね）色目に、長袴の緋色が映えていた。

少女は蘇芳（すおう）の小袖に黄の小袿を着け、緋色の長袴を邪魔そうに引きずりながら、ほとんど声を発することなく、戸惑ったようにその場に立ち尽くしていた。

「お手を見せてはなりません」

同じような王朝風の装束を着けた老女が、退屈そうにしている少女に、そっと注意を促した。お手は袖口に隠し、決して殿方の眼に触れさせてはならないのです、と小声で繰り返した。

「姫様、今日は神勅を授かる日でございます。この『怨泥沼』にて跡目を継がれた後は、すぐ駕籠に乗って江戸表まで参ることになっております。末期養子の件は御公儀が必ずお聞き届けくださるはずでございます」

九右衛門は、津多姫と小袖を等分に見ながら言った。

「御苦労でした」

津多姫は優しく九右衛門をいたわったが、声にはなぜか潤いがなかった。

「それから、鬼三郎も、ぜひ跡目の儀に加えてください」

津多姫は九右衛門に懇願するような眼を向けた。

「もちろんでございます。このたび跡目の儀を行うにあたって、鬼三郎が果たした功績には、はかりしれないものがあるのです」

津賀、こちらに参れ、と九右衛門から呼ばれると、鬼三郎はすぐ小走りに駆け寄って、津多姫の前に跪(ひざまず)いた。

「おまえも立ち会っておくれ。わたくしひとりでは、神勅を受けるのが怖いのです」

津多姫は、熱っぽい眼で幼なじみを見た。

「いいえ、姫。もし罪があるならば、すべてはこの鬼三郎のもの。姫には、何ひとつとして恐れることなどないのです」

鬼三郎はほとんど唇を動かさずに囁いたが、九右衛門は何かを聞きとがめたかのように眉をひそめた。

「まあ、なんて傲慢な。許しませんよ」

津多姫は誰にも聞こえないような小さな声で、鬼三郎をたしなめた。幼なじみの二人には、ほんのわずかな唇の動きや、微かな身ぶりだけで、おたがいの意思を伝えあうことができるらしかった。

「そろそろでございます」

跡目の儀に列する者たちは、そろって石畳の上に進み出た。津多姫と小袖が前に進み、そのすぐ後ろにはそれぞれ世話係の老女たちが従っている。

四人の女の後から、沼里九右衛門と津賀鬼三郎が進んだ。神聖な儀式に参列できる人数はかぎられている。

残る人数は石畳、すなわち『怨泥沼』の拝殿からはるかに離れて、岸辺に跪いたまま儀式を見守っていた。

かつて一族の者は岸辺を埋めた、と伝えられているが、いまは人影もまばらで、儀式に立ち会っているのはわずか十数人にすぎない。

津多姫と小袖は、祭壇の前に跪いた。その脇に老女たち、九右衛門と鬼三郎はさらにその後に跪いた。

対岸から光が射した。東岸から朝日が昇ったのだ。

強烈な光が湖面を貫いた。

まだ薄闇の中で踏み迷っていた夜霧は、見るまに薄れて、闇の領域はたちまち狭められた。

対岸に揺曳(ようえい)する黒い影が、逆光の中をこちら岸に向かって進んでくるのが見えた。近づくにつれて、それが人を乗せた舟であることがわかった。

艪を漕ぐ音が、しだいにはっきりと聞き取れるようになった。

「いよいよでございますぞ」

九右衛門が神を迎える用意を促すと、津多姫はなぜか小刻みに震えだした。気分でも悪いのか、顔色が蒼白になっている。

おっかさん、どうしたの、と叫び出しそうになって、小袖は声が出なくなった。そのような下賤な言葉遣いをすることは許されていない。しかし小袖は、他にどのような言葉で、母を慰めることができるのだろうか。

小舟を漕ぐ艪の音が、耳について離れない。津多姫は幻聴に悩まされるかのように、両手で耳を押さえて、屈(かが)み込んでしまった。

「姫様、違いますぞ。あれは怨泥の神、いいえ、神の仮面を着けた神官でございます」

小舟からは、管弦を奏する音が聞こえてきた。小舟に乗っている人々の顔がはっきり見えるほど、祭壇の近くまで近づいて来ている。

小舟には五人の楽士と二人の神が乗っていた。

神は仮面を着けている。猿楽能の猩々(しょうじょう)の仮面を着けた若い神官と、おなじく猿楽の翁(おきな)面を着けている老いた神官だった。

「猩々の仮面は、われらが祖先にあたる夜叉丸さまでございます。翁面は平新皇将門さまでございます。夜叉丸さまは怨泥となって長寿を全うされ、将門さまは若くして討死されましたが、神となられてからは、将門さまは円満具足の翁、夜叉丸さまはいつまでも悪戯好きな酒の精となって、遊び戯れておられるのです」

九右衛門の説明を聞いているうちに、津多姫の震えはとまった。蒼白になっていた顔色もしだいに血色が戻ってきた。

怨泥一族の祭祀は、たいがいは将門と夜叉丸二柱(ふたはしら)の『怨泥沼』への降臨という形をとる。跡目の儀が特に神聖視されるのは、血統の承認という、この一族にとってはとりわけ重い意味があるからだった。

将門と夜叉丸の霊が、仮面を着けることによって人の姿を得て『怨泥沼』に降臨し、跡目を継ぐ者に、由緒正しき血の証しをする。

従って怨泥一族のあいだでは、三千石待遇を受けている旗本の家督相続よりも、はるかに重大視されている。

さらに、跡目の儀式には、血統の承認を得るための試練、という厳しい側面も加わってくる。

神を迎えるはずの津多姫が、小舟を漕ぐ音を聞いて蒼白になったのは、この試練を恐れてのことか、あるいは封印したはずの記憶にまつわる、まがまがしい思いに怯えたのかもしれなかった。

五

津多姫は石造りの祭壇に跪いて、仮面の神との問答に没頭していた。

これは一種の秘儀で、跡目の儀に立ち会うことができるのは、一族の中でも選ばれた人々にかぎられている。神と人との遣り取りは、当意即妙の一度かぎりのもので、その内容が世に伝えられることはない、とされている。

「汝(なんじ)はわが子孫にあらざるか」

「否(いな)。子孫ならずして、いかでか怨泥沼(オンディヌ)にて御身(おんみ)にまみえん」

「汝は、わが血統を伝うべき唯一の者か」

「諾(だく)。わが他にはよもあらじ」

「汝、われに何を誓うや」

「怨泥の地に生くることなり」

「汝はこの地にて如何に生くるや」

「利にあらず。権にあらず。暴にあらず。たとえ汚泥を啜(すす)ろうとも、世俗に屈するあたわざるところのものなり」

　津多姫は仮面の神の問いかけに、よどみなく答えていった。言葉が走る、と思われるほどに快適だった。

　しかし神の問いかけが、姫の身辺に及ぶにつれて、津多姫は美しい額に脂汗を浮かべて苦悶するようになった。

「汝に良人(つま)ありや」

「いまはそのように呼ぶ者はなし」

「かつてありしか」

「諾」

「汝の良人は如何になりしや」

「この世の生を終えて、怨泥の沼に帰還せり」

「如何にして生を終えしか」

「刃に伏せり」

津多姫の顔色がふたたび蒼白になっていった。仮面の神による問いかけは、姫がみずからの過去を閉じ込めた封印を、一枚また一枚と剝がしてゆくのかもしれない。

「汝に娘ありや」

「諾」

「その娘は正しき血を継ぎし者か」

「諾」

「汝と良人とのあいだに生まれし者か」

「諾」

「その良人は、怨泥の沼に帰りし者か」

「……………」

「娘の父は生きておるのか」

「諾」

「汝は二人の良人を持ちしか」

「……………」

「汝はその男の名をわれに告げしことありしや」

「否」

「汝は正しき血を伝える者にあらず」

「否」

「汝は姦淫せしことありや」

「否……」

「汝は生くるために身を鬻ぎしことありや」

「……………」

「おのれを裏切りしことありや」

「否……」

津多姫の顔面は蒼白となり、額からは冷たい脂汗が流れ出した。仮面の神の問いが重なるにつれて、津多姫の呼吸は切ないほどに乱れた。

「ふたたび問う。汝、姦淫せしことありや」

仮面の神が、ふたたび同じ問いを繰り返したとき、それまで瘧にでも罹ったように、ぶるぶると全身を震わせて耐えていた津賀鬼三郎が、いきなり太刀を抜いて仮面の神に斬りつけた。

「無礼な。おのれは、もはや神ではない」

猩々の仮面が二つに割れて、その下から鬼三郎の見知らぬ顔があらわれた。怨泥の沼に仕える一族の者ではなかった。

「こやつ、神どころか、神官でさえないな」

鬼三郎の剣が、眼にもとまらぬはやさで十文字に閃いた。猩々の仮面を着けた男は、三つ斬り胴となって、石畳の上にばらばらと崩れ落ちた。

「鬼三郎、何を致すか」

傍らにいた沼里九右衛門が、驚いて鬼三郎を背後から抱き止めた。九右衛門は咄嗟のことに逆上して、跡目の儀式を血で穢してはならぬ、ということしか考えなかった。

「うろたえるな。跡目の儀を最後まで続けるのじゃ」

鬼三郎は猩々面の男を、一瞬にして三つ胴に斬ると、返す刃を翁面に向けた。

「御家老、この男の顔をよく確かめられよ。こやつらは、神でもなければ神官でもない。卑しい邪推をもって姫を凌辱し、われらの誇りを踏みにじる奴。たとえ一人たりとも、生かして帰すことはなりませんぞ」

鬼三郎の剣が一閃した。翁面は二つに割れた。その下からあらわれた見知らぬ男の顔も、額から真っ二つに斬られて左右に開いた。

鬼三郎の剣は、翁の頭蓋骨を両断して　さらに肋骨を斬り、臍のあたりまで切り裂いてから、流れるように横に払われた。

真っ二つになった体軀が、皮膚と肉塊とが裏返しになった状態のまま、真ん中から裂かれて左右に崩れた。おびただしい量の鮮血と脳漿が、割られた頭蓋骨から溢れ出た。

鬼三郎はすでに次の標的に向かっていた。苔むした石畳が、斬殺された死骸から噴出する血糊（ちのり）でぬめぬめと滑った。管弦を奏していた楽人たちは、血糊に足を取られながら、血まみれになって逃げ惑った。

「鬼三郎。鬼三郎」

津多姫は狂ったように叫ぶと、殺戮（さつりく）をやめさせようとして、鬼三郎の背に取り付いた。

「姫、わたしに近づいては危ない」

鬼三郎は姫を庇(かば)って、血刀を左手に持ち替えた。姫は血糊に滑りながら、眼尻に涙を滲ませて鬼三郎を追った。

「おまえはそうやって、わたくしのために人を斬ってきたのね」

「姫の恥を雪(すす)ぐためです」

「わたくしのために人を斬るのはやめて」

なおも鬼三郎に取りすがろうとする姫を、ようやく追いついた九右衛門が抱きとめた。老女たちは、立ちすくんだまま動けなかった。小袖は身動きもせず、鮮血にまみれた恐しい光景をじっと見ていた。

そのあいだに、血溜まりから脱した楽人たちは、祭壇の下に舫(もや)っていた小舟まで逃げた。鬼三郎は姫を九右衛門に預けると、ふたたび楽人たちを追った。

小舟は岸を離れた。鬼三郎は石畳の上を滑るように走った。小舟が数間ばかり沖に出たところで、水しぶきをあげて走り寄った鬼三郎に追いつかれた。

石畳を滑走するようにして沼の中に駆け下りた鬼三郎は、腰のあたりまで水に浸かっている。水中を走る鬼三郎の動きが鈍ることはなかった。

鬼三郎は水中で抜刀した。剣は太刀魚(たちうお)のように波間を泳いだ。水に隠された剣はどこへ走るかわからない。

剣が一閃(いっせん)した。水しぶきがあがった。漕ぎ手を失った小舟が傾いて、楽人たちはわっと騒いで沼の中へ転がり落ちた。

鬼三郎の剣が、猛烈な早さで旋回した。水上に閃光がひらめく。一閃、また一閃。たちまち水中が赤く濁った。

背後を振り返ることはなかった。鬼三郎は水底に没している石畳の上を歩いて、血に染まった祭壇まで戻ってきた。

六

兵馬が怨泥沼の祭壇に小舟を漕ぎ着けたとき、石畳の廻廊を血で染めた惨劇はすでに終わっていた。

朝霧は隈(くま)なく晴れて、湖面はみずみずしい茜(あかね)色に染められていた。

燦々(さんさん)と照りつける朝日が、怨泥沼の神殿を異様なほどに明るく照らした。

水辺は静寂を取り戻していた。

血は洗い清められ、死骸は水中に葬られた。

流血に赤く染められた石畳は、飛び散った血糊を拭われて濡れていた。

兵馬を出迎えた津賀鬼三郎が、濡れた石畳の突端に立って、静かな声で呼びかけた。

「待っていたぞ」

「わたしが来ることを知っていたのか」

兵馬は低い声で尋ねた。

「知っていた。わたしはこの日がくるのを待っていたのだ」

この日の鬼三郎は、もはや顔を隠してはいなかった。兵馬を倒すか、おのれが倒されるか、いずれか一方を選ぶよりほかに、決着はつかないことを知っていた。

「わたしはおぬしを知らぬ」

兵馬は押し殺した声で鬼三郎に言った。斬り合いをする理由もない。

「わたしはおぬしのことをよく知っている」

鬼三郎は暗く沈んだ声で答えた。

「姫の口からおぬしの名が洩れるたびに、わたしは身を焦がされるようにして苦しんだ。姫がただ一人愛したという男が憎かった」

「しかしお蔦は、わたしから逃れて、おぬしのもとへ帰ったのだ」

「姫が帰ってきたのはわたしのところではない。怨泥沼の呪いが姫を呼んだのだ。姫は水妖となるために、この沼へ帰ってきたのだ」

兵馬と鬼三郎の遺り取りを、ほんとうにわかるはずの者はお蔦しかいなかった。しかしお蔦はここにはいない。ここにいるのは水妖となった津多姫だった。

「いつまでも何を言ってやがるんでえ。まだるっこしいな」

駒蔵が焦れて飛び出そうとするのを、荻野弥七は猿臂を伸ばして押さえた。

「あの二人は、いずれかが死なねばならぬのだ。もう少しすれば、いやでも決着がつく。しばらくは静かにしてやるがよい」

津多姫は呆然と立ち尽くしていた。兵馬がなぜここにいるのか、咄嗟に理解することができなかった。

あの人と一緒に、暮らしていたことがあるような気がする。しかしそれは、夢のようにはかなく、ほんとうにあったことなのかどうか、いまとなっては確かめてみるすべもなかった。

もしあのことが夢ではなかったとしたら、と津多姫は思った。あの人と暮らしていたというはかない記憶が、この世で息をしていた唯一の証しとなるのかもしれない。

「鬼三郎……」

津多姫は幼なじみに呼びかけた。

「その人を斬ってはなりません」

あの人との暮らしは、あまりにもはかなく、夢であったのか、現実のことなのか、もはやその端境さえも定かでなかった。

しかし津多姫はそのはかなさゆえに、夢のようにして過ぎてしまったあの男との暮らしに、移ろいやすい愛の片鱗をみていたのかもしれなかった。

「いいえ、姫。わたしがほんとうに斬りたいと思うのは、この男だけなのです」

鬼三郎はぞっとするような冷たい眼で兵馬を見た。

「この男が姫の心を、ほんの一瞬でも奪ったことが許せないのです」

「まあ、なんということを」

津多姫の世話をしている老女が、悲鳴のような声をあげた。

「九右衛門殿、そなたはこのことを知っていたのですか」

老女が発する声の鋭さに、江戸家老は思わず身を縮めた。

「鬼三郎は、言挙げする神官を斬って跡目の儀を目茶苦茶にし、そのことによって恩出井家の家督を脅かし、その上に身分をもわきまえず、姫に横恋慕するとは不敬不忠。このままで済ましてはなりませぬぞ」

老女の叱責に、九右衛門は異議を唱えた。

「仮面を着けたえせ神官を斬ったのは、姫への悪意と不敬を咎めてのこと。恩出井家の家督相続の件が順調に進んだのは、鬼三郎の活躍が功を奏したからです。姫とのことは姫のお心もあること、これが果たして横恋慕と言えましょうかな」

「まあ、九右衛門殿、何ということを……」

老女は絶句したまま、その場に卒倒してしまった。

「小袖、ずいぶん捜したぞ」

兵馬は、小袿を着てすっかり大人びた小袖に声をかけた。

大人びたというよりも、この千年も昔の装束はむしろ妖怪めいて、下町の小娘だった小袖に似合わしくなかった。

水に戯れる妖精か、水底に住むという妖怪か、いずれにしても水妖と呼ぶにふさわしい装束だな、と兵馬は思った。

そのように思うことができたのは、兵馬にゆとりがあった証しかもしれなかった。

「小袖、わたしと一緒に来るか」

兵馬はこのときはまだ、本気になって鬼三郎と闘う気はなかったのかもしれない。

「そうだよ、小袖坊。おじさんと一緒に江戸へ帰ろう」

駒蔵がめずらしく、やさしい声をかけて小袖を呼んだ。小袖にとって駒蔵は、賭場で威張っていた怖いおじさんという記憶しかない。

「いけませんよ。あのような卑しい男どもには、二度と近づいてはなりません」

小袖付きの老女が、強い口調でたしなめた。小袖は呪縛されていた。これが水妖の呪縛かもしれない、と思いながらも、小袖はただ無言のまま、すべてを映し出す鏡面のように、あるがままを、あるがままに見ている他はなかった。

「その娘を連れてゆくこと、断じて許さぬ」

鬼三郎はいきなり怒声を発した。これまでの冷静さはすでになかった。

「何故だ。ここで津多姫と呼ばれているお蔦はともかく、この娘は、生まれ落ちてからずっと、下町育ちの下町っ子だ。連れて帰る」

「おのれは、姫のお心を掻き乱すのみならず、この娘までを奪おうと言うのか」

鬼三郎の突然の怒りは、なぜかこの男らしい冷徹さを欠いていた。

「では何ゆえに、いまになって小袖をさらったのだ」

兵馬にも怒りがわいてきた。ひとり置き捨てられた小袖と八年間をすごしてきた。

兵馬と小袖は、すでに血のつながり以上の強い絆に結ばれている。

「わが一族の正統を伝える唯一のお子だ」

横合いから沼里九右衛門が進み出た。

「直参旗本三千石の恩出井家として、御公儀に末期養子の許可を願い出ておる。このお子には、しかるべき所から養子を取って家督を継いでいただく。これからは三千石という格式にふさわしいお暮らしをしていただかねばならぬのだ」

「そう言われてみりゃあ、下町で一生貧乏な長屋暮らしを送るか、せいぜい出世したところで女賭博師になるよりは、旗本三千石の奥方様になる方が、よっぽど割りがいいやな」

駒蔵が妙なところで納得してみせると、

「黙っていろ」

弥七が厳しい顔をして押し止めた。旅のあいだ背負ってきた引き出し箪笥から、さまざまな道具を取り出して、身体のあちこちに装塡している。

「その方も、これを使え」

駒蔵の袖口から、弾丸状の紙張り子を、そっと手渡した。

「なんでえ、こいつは」

「しっ、大きな声を出すな。そいつは爆薬だ。追われて逃げ場を失ったとき、これを敵に投げつけて逃げろ。殺傷力はないが、相手を驚かすには充分だ」

「ありがてえ。もらっておくぜ」

駒蔵は生まれてはじめて礼を言った。

七

兵馬と鬼三郎との決闘は、怨泥沼(オンディヌ)神殿の祭壇で行われた。

神殿とは、むろん沼そのものを指している。石造りの祭壇は、文字通り血の犠牲を捧げる聖なる場所にふさわしいだろう。

兵馬と鬼三郎の死闘は、神前に奉納する聖なる儀式とされたのだ。

「いずれが勝とうとも、敗者への礼は守られなければならぬ」

恩出井家江戸家老沼里九右衛門は、おごそかな声で宣言した。

「神前の奉納試合とはいえ、この二人が闘えば、かならず生死を分けることになるであろう。死者は神に捧げられた犠牲として、手厚く葬られることになろう」

それは神殿に祭られること、すなわち恩泥沼の水底に沈められるわけだ。

「しかし、血を見ることを好まぬ御婦人方には、この場を去られることをお勧めする」

これを聞いた老女たちは、ほっとしたかのように思わず胸を抱きしめた。

「九右衛門殿の御配慮、ありがたくお受けしましょう」

二人の老女はそれぞれ津多姫と小袖を促し、女駕籠に乗せて連れ出そうとした。

「わたくしは残ります」

津多姫は意を決したように言った。

「何をおっしゃられるのです。せっかくの九右衛門殿の御配慮、お受けしなければ罰が当たりますよ」

二人の老女は顔色を変え、津多姫を諫め、翻意させようと必死になった。しかし姫は頑として譲らなかった。

「つらいことですが、わたくしは見届けなければならないのです」

おのれゆえに二人の男が生死を賭けて闘うことになったのだ。そこから逃げ出すことは道義にもとる、と姫は思い決めているようだった。

「でもこれは、小袖にはかかわりのないことです」

津多姫は老女たちに命じて、嫌がる小袖を引き取らせた。老女たちは小袖には容赦しなかった。もし小袖までが残ると言い出したら、老女たちはここから逃れる理由を失ってしまう。

小袖が誘拐された晩のように、三丁の女駕籠は、音もなく怨泥沼を離れた。

「さあ、これで心置きなく闘えよう」

九右衛門はなぜか、ほっとしたように言った。

「先生、いいんですかい。小袖坊はまたどこかへ連れ去られてしまうぜ」

駒蔵は不安そうに言った。しかし石造りの祭壇を囲む怨泥沼の岸辺は、一族の者たちに固められていて、駒蔵にはその中に飛び込んでゆく勇気はなかった。

「どうやら、危害を加えられることは、なさそうだ」

鋭い眼で女駕籠のゆくえを追っていた弥七が、幾分か安堵したように言った。

「残忍な血が流されるところを、小袖には見せたくなかった。この場をはずしてもらって幸いだった」

兵馬は恬淡として言った。おたがいに生きてさえいれば、またどこかで遭えるだろう。小袖の無事を確かめただけでも、江戸から怨泥沼まで旅をしてきた甲斐があったのだ。

ここでお蔦に逢うことができたのは、兵馬には意外としか言いようがない。生きて逢えるとは思わなかった女に出会い、はるばる捜しにきた小袖とは、会った途端に別れなければならない。これも一期一会だ、と兵馬は思った。

兵馬は鬼三郎という男の恐ろしさを肌に感じていた。お蔦に話しかけることも、小袖を追うことも、兵馬にはできなかった。鬼三郎が放つ殺気に雁字搦(がんじがら)めにされ、身動きすることができなかったのだ。

もしお蔦に話しかければ、その途端に、鬼三郎の剣は兵馬の喉元を斬り裂くだろう。小袖を取り戻そうとして後を追えば、兵馬の脚はたちどころに両断されるだろう。この男は、わずかでも生じた隙を見逃すほど甘くはない。

「そろそろ始めようではないか」

小袖を乗せた女駕籠が見えなくなるまで見送ると、鬼三郎はようやく兵馬に声をかけた。

「いつでもよいぞ」

兵馬は余裕ありげに言ったが、鬼三郎の凄まじい殺気に翻弄されて、正直なところかなり疲れていた。鬼三郎との闘いは、小舟を怨泥沼の祭壇に乗りつけたときから、すでに始められていたと言ってもよかった。

兵馬と鬼三郎が石畳の上で向かい合った。それを見守る者たちはみな息をひそめ、恐ろしいほどの静寂が石造りの祭壇を支配した。

二人の剣客は摺り足で進みながら、おのれの位置を定(さだ)めようとして、たがいに相手の動きを牽制した。

兵馬はわずかに後れを取った。鬼三郎が先に沼を背にした位置を取ったので、湖面から照り返す逆光をまともに受け、視界が眩(くら)んで眼の底が痛くなった。朝日を背にした鬼三郎の影が膨らんで、まるで背後から後光が射しているように見えた。兵馬は咄嗟に眼を瞑(つぶ)って、湖面の照り返しを避けた。

兵馬は五感を研ぎすませて、敵の動きを探った。皮膚は風の動きによって敵の位置を計り、鼻は嗅覚によって敵の位置を教えた。

兵馬と鬼三郎は無言のままじりじりと間合いを詰めた。どちらもまだ刀は鞘の内に収められたままだ。

兵馬の『走り懸かり』は抜刀した瞬間に勝負が決まり、鬼三郎の『霞ノ太刀』にも抜刀術が取り入れられている。

間合いが詰められた、と思った瞬間、双方の動きはぴたりと止まった。しかしそれはあくまでも外見にすぎず、兵馬と鬼三郎の恐ろしいせめぎ合いは、このとき極点に達していた。無言の闘いは熾烈を極めていた。

この均衡を破ったのは鬼三郎の方だった。裂帛の気合とともに、鬼三郎の足が石畳を蹴った。同時に兵馬も石畳の上を滑るようにして前に出た。

駆け違えたときには双方が抜刀していた。兵馬の『走り懸かり』なら、一気に数歩を踏み込んで、すれ違う寸前に腰の高さで真横に抜き放つ。敵は生き胴を断たれて、腰のあたりから両断されるはずだった。

しかし、真横に払われた兵馬の剣は貫胴を決めることなく、鬼三郎の剣に阻まれて凄まじい火花を散らした。

鬼三郎は兵馬の剣を刀身の峰で受けたらしく、刃渡り二尺三寸のそぼろ助廣は、鍔元から一尺ほどのところで刃毀れした。

咄嗟に躰を入れ替えて、兵馬は相手の方へ向き直った。数日前に江戸で抜き合わせたとき、兵馬はすれ違いざまに左上腕部を斬られている。

向き直った途端、しまった、と兵馬は臍を嚙んだ。鬼三郎が巧妙に位置を入れ替えて、兵馬を沼の中へ誘い込もうとしていることに気がついたのだ。

兵馬の両脚は波に洗われていた。鬼三郎の鋭い抜き打ちを恐れて、兵馬は石畳のゆるい斜面を駆け下り、滑るようにして水辺に達していた。

石畳で造られた神殿の参道は、岸辺に造成されていたばかりではなく、基底部の斜面は沼の底まで続いていたのだ。

抜刀した鬼三郎は剣を下段に構えて、じりじり詰め寄ってくる。兵馬はその気迫に押されて、わずかに後退した。

兵馬の膝のあたりまで、ひたひたと波が寄せてきた。これ以上は退けないほど詰められて、兵馬はふと、怨泥一族が水のお頭と呼ばれ、屈強な川越え人足に恐れられていたことを思いだした。

将門の後裔と自称している怨泥一族は、湖沼や川を支配している水の民だったのだ。それは石高に換算される田圃や畑地とは違って、領主というものを持たない無縁の地だった。

怨泥と自称していた水の民は、坂東太郎と呼ばれる利根川の下流域、無数の湖沼が四通八達している水郷を根拠地に、この地に伝わる将門伝説を唯一の支えとして、数百年という歳月を生きてきた。

鹿島の神官が鬼三郎の剣を評して、あれは『霞ノ太刀』というより『水妖剣』とでも呼ぶべき妖剣です、と言っていたことを思い出した。

鬼三郎の剣は、水の中でその真価を発揮する。怨泥沼の石畳に追い込まれた兵馬に、もはや勝ち目はなかった。

「ようやくわかったか」

鬼三郎は低い声で笑った。

「おぬしの『走り懸かり』は水の中では遣えぬ」

鬼三郎は水の中を走った。平地を走るのと変わらない、恐ろしいほどの速さだった。鬼三郎の疾走につれて、おだやかな沼の水が波立ち、さざ波は怒濤となって猛烈な勢いで押し寄せてきた。

兵馬の眼前で、水が盛りあがったかにみえた。鬼三郎が跳躍したのだ。水面は泡立って霧のようなしぶきが飛んだ。

鹿島新当流『霞ノ太刀』の一つ『滝落とし』。鹿島の神官が『水妖剣』と呼んだ鬼三郎の秘剣だった。

ほとんど同時に、兵馬も跳躍していた。兵馬は『走り懸かり』が遣えない。咄嗟に出たのは『飛剣夢想返し』だった。

兵馬はふだんこの剣は遣わない。秘剣というよりも、むしろ生死の境を前にして、おのずから出る剣技かもしれなかった。

『霞ノ太刀』は水中に剣を隠して、敵の意表を突いた攻撃をする。『滝落とし』は水を全身に負うて跳躍し、滝が落ちるような勢いで、水の落下よりも速く剣をふるう。

飛び散るしぶきと、滝のように落下する水にくらまされて、振り下ろす太刀筋が相手には読めない。一撃で敵を斬殺する恐ろしい剣だ。

兵馬の『飛剣夢想返し』は、無外流『走り懸かり』の一つ『夢想返し』に、兵馬が工夫を加えて、剣の動きをより自在にした一種の魔剣だった。

奇しくも怨泥沼の神殿で、魔剣と妖剣が争うことになった。祭壇の突端に立っている津多姫は、かつて愛した男たちの、生死を賭した壮絶な闘いを見ながら、陶酔と悲嘆と恍惚に身をゆだねていた。

鬼三郎は必殺の滝を落とすべき目標を失って戸惑った。剣を振り下ろすべき相手は真横にいた。しかし飛翔して落下する呼吸を、途中から変えることはできなかった。

兵馬は『飛剣』を仕掛けることができなかった。兵馬の『夢想返し』は、もともと『走り懸かり』の一つで、数歩を一気に詰め寄る速さを失えば威力はない。

兵馬と鬼三郎は、飛翔から落下までのほんの一瞬に、お互いの力量を知ることができた。水煙を立てて沼地に立ったとき、兵馬は左袖を切り裂かれ、鬼三郎は額に三日月の刀傷を負っていた。

ふたりの剣技にほとんど優劣はなかったが、兵馬の『飛剣』がわずかに切っ先を伸ばして鬼三郎を斬った。

「おのれ、邪剣を遣うか」

鬼三郎が叫んだ。そこに生じた隙に乗じて、兵馬は水を蹴立てて詰め寄った。水に足を取られて速さはなかった。鬼三郎の額傷から噴き出した血が、たらたらと流れて眼に入った。鬼三郎は咄嗟に剣を真横に払ったが、波頭を斬っただけで手応えはなかった。

兵馬は水中に没している石畳の上を疾走した。祭壇まで戻れば足場もよい。そこで鬼三郎の『水妖剣』を封じ、もう一度『飛剣夢想返し』を仕掛けなければならない。

しかし水中を走る鬼三郎の速さは、兵馬の想像を絶していた。水しぶきを巻きあげて疾走してくる鬼三郎を見て、兵馬は祭壇まで戻ることを諦めた。とっさに踵（きびす）を返すと、兵馬は鬼三郎に向かって突進した。

兵馬の突進と鬼三郎の疾走が加速され、双方の接近は『走り懸かり』に必要な速さを得た。

鬼三郎は水中での闘いに自信をもっていた。水中を駆ける速度をゆるめず、さらに加速して兵馬に向かった。

祭壇から六間ほど離れた水中で、二人の男は激突した。ふたたび龍巻のような水煙が巻きあがった。

「鬼三郎！」

石造りの祭壇から身を乗り出して、津多姫が張り裂けるような悲鳴をあげた。

視界は一瞬にして、霧のように立ちのぼる水煙に掻き消されたが、姫の脳裡には、血を吐いて倒れる鬼三郎の姿が、はっきりと見えていた。

兵馬の『飛剣夢想返し』に、二度という言葉はなかった。兵馬は双方から走り寄る加速によって、ただ通常の『走り懸かり』を仕掛けただけにすぎなかった。

しかし『飛剣夢想返し』が無力だったわけではない。敵に致命傷を与えることはできなかったが、鬼三郎の額の傷は、おびただしい流血によって一瞬の目測を誤らせた。

兵馬のそぼろ助廣は、鬼三郎の同じ傷口に襲いかかった。

『走り懸かり』によって、真っ向から頭蓋を割られた鬼三郎は、みずから巻き上げた『滝落とし』の水煙とともに、凄まじい勢いで水中に崩れ落ちた。

「姫、何ということをなされました!」

岸辺に築かれた怨泥沼の祭壇では、涙声になった沼里九右衛門が、石畳の上に倒れた津多姫を抱き起こしていた。

八

「このまま眠らせて」

甘えた声で津多姫は言った。

「お蔦、なぜ死を選ぼうとした」

兵馬は血の気が失せてゆく津多姫を腕に抱いた。

「鬼三郎と兵馬。どちらが勝ったところで、わたくしは生きているつもりはありませんでした」

津多姫は激痛に耐えながら、唇に笑みを浮かべた。

「あなたたち二人が出会う前に、わたくしは消えてしまった方がよかったのかもしれません」

八年前に、深川蛤町の蛞蝓長屋から、消えてしまったようにか、と兵馬は思ったが、口に出して言うことはなかった。

あのときのお蔦には、帰るところがあった。しかし怨泥沼の水妖となったお蔦に、どこへ行くところがあろうか。

「わたしはただ、小袖を連れ戻しに来ただけなのだ」

兵馬は、小刻みに震えるお蔦の身体を、しっかりと抱いた。すでに、死の苦悶が始まっているのかもしれなかった。

「お蔦を死なせることになるとわかっていたら、わたしはこのようなところまで来るのではなかった」

鬼三郎の頭蓋が、真っ二つに割られた瞬間に、津多姫は懐剣を左乳房の下に突き立てていた。傍らにいた九右衛門は、水中に沈んだ鬼三郎の安否が気になって、津多姫の自害に気づくことがなかった。

祭壇の下に舫った小舟に乗って、脱出の機を窺っていた駒蔵と弥七がいる位置からは、津多姫の姿を見ることはできなかった。

祭壇から遠く離れて、怨泥沼の岸辺を固めていた怨泥一族に、もちろん姫の動きが見えるはずはない。

姫は乳房に突き立てた懐剣を、ぐりぐりと刺し込んで心臓を抉(えぐ)った。苦痛のあまり刃を刺し込む力が弱まると、石畳の上にうつ伏せに倒れて、懐剣の刃先をさらに胸の奥まで突き立てた。

異変に気づいた兵馬が、水しぶきを蹴立てて祭壇まで駆けつけたとき、姫はすでに瀕死の状態になっていた。

姫の乳房から噴き出す血が、冷たい石畳を赤く染めた。姫は美しい黒髪を乱して、血溜まりのなかにうつ伏せていた。

九右衛門の手早い介護も役に立たなかった。揺り起こせばかえって血が絞り出されるので、姫の苦痛を和(やわ)らげるには、黙って抱いてやる他はなかった。

「たったひとつだけ、お願いがあります」

姫は薄っすらと眼をあけると、ほとんど聞き取ることができなくなった弱々しい声で、兵馬の耳元に囁いた。

「わたくしを、鬼三郎と一緒に、怨泥沼の水底深く、沈めてください。二度と離れることがないように、しっかりと二人の身体を、鉄の鎖で繋いで」

姫は息が詰まったのか、苦しそうに咳き込むと、あふれるほどの鮮血を吐いた。

「これまで、誰にも言ったことはありませんが……」

言いかけて、姫はまた鮮血を吐いた。

「ならば、いまになって言うことはない」

兵馬は苦悶するお蔦の背を、やさしくなでた。

「いいえ、あなただけには、言っておかなければ……。小袖は、あなたになついていますから」

姫はまた血を吐いた。こんどは量が少なかった。姫の体内には、もはやわずかばかりの血も、残っていないのかもしれなかった。

姫は苦しげに言った。

「小袖は、鬼三郎の子なのです。小袖は、わたくしと鬼三郎との、不義の子だったのです。わたくしが、怨泥沼を去らなければならなかったのはそのためです」

兵馬は愕然とした。お蔦が封印していた過去とは、そのことだったのか。

小袖を江戸に連れ帰ろうとしたとき、これまで冷静だった鬼三郎が、急に激昂したのはそのためだったのか。

姫の心のみか、この子までも奪うのか、と叫んだ鬼三郎の声は、私情を殺して刺客として生きたあの男が、絶望のあまり叫んだ、真実の声であったのかもしれない。

江戸に出た姫が、どのような暮らしをしなければならなかったのか、兵馬はその片鱗さえも知ることはなかった。

葵屋吉兵衛の囲い者になったり、兵馬の情人のようにして暮らしていたこともある。浮草にも似たはかなげな生き方は、お蔦の心を芯のところから、蝕(むしば)んでいたに違いない。

おれはこの女のために、何もしてやることができなかった、という悔恨の思いが、ふたたび兵馬の胸を焦がした。それは過ぎてしまった若さという愚かしさへの、悔恨に似ていたかもしれない。

「もう何も言うな。おまえを水底ふかく沈めてやろう。鬼三郎とおまえを、決して離れないように、結び付けてやろう。この世で果たせなかった二人の思いを、せめてあの世では遂げさせてやろう」

兵馬は、しだいに血の気が失せてゆく女の身体を抱き締めて、かき口説くようにして語りかけたが、お蔦は唇の端にわずかな笑みを残したまま、もう二度と息をすることはなかった。

九

兵馬はめずらしくお艶と二人連れで、隅田川にかかっている両国橋を渡った。

すでに冬枯れの季節で、大川の岸辺を埋めていた葦や薄も、ほとんど色を失った枯れ葉となって、土砂や泥土と変わることはなかった。

大川の流れも冬の渇水期に入って水量を失っていたが、流れに沿って浮かび上がってきた砂州の白さには、かえって凛としたすがすがしさが感じられた。

「それで、お蔦さんを抱いて、冷たい沼の中に入っていったんですか」

お艶は死んだ女に嫉妬してみせた。

「そのように約束したのだから、仕方あるまい」

兵馬は憮然として言った。

江戸に帰ってきてみれば、あのおどろおどろしい怨泥沼でのできごとは、ほんとうにあったことのようには思われなかった。

「結局、どういうことだったんです？　まさか、むかしの女の人に逢うために、そんなところまで行ってきたわけではないでしょうね？」

さっぱりした気性のお艶が、今回にかぎって、妙に絡んでくるように思われるのは、気のせいだろうか。

「さる大身旗本の御家騒動に巻き込まれた、と言いたいところだが、そうではない」

兵馬はいつになく沈んだ声で言った。

「ずいぶん込み入った話ではあったが、平将門の血統を伝えるという恩出井家の御家騒動は、すでに十年前に終わっていたのだ。わたしはただその結末を、見届けに行っただけにすぎないのかもしれない」

あるいは、兵馬が怨泥沼に行きさえしなければ、最後の悲劇は起こらなかったのかもしれなかった。

「先代の恩出井将成は、正妻に生まれた津多姫に養子を迎え、恩出井家の家督を継がせるつもりでいたらしい。しかし将成には、庶出の将近という男子がいた。他の家中であれば、たとえ庶出でも嫡男として家督を譲られるはずのところを、血統にこだわる恩出井家ではそうはゆかぬ。庶出として生まれた繊弱な小次郎将近は、いやでも陰険な気質にならざるを得なかったようだ」

津多姫が幼くして生母を失ったのは、異腹の兄将近の陰謀ではないかと言われている。津多姫の母はまだ幼かった将近にせがまれ、逢魔の時を迎えた湖沼へ出たまま、帰ることはなかった。

ちまたの噂では、将近がわざと湖底に鏡を落とし、それを拾おうと屈み込んだ義母を、湖底に突き落としたと言われている。

繊弱な子にそのような力があるはずはない、と先代の将成はあえて風説を打ち消して将近を庇（かば）ったという。

「しかし将成は将近を疑っていた。将近の陰険さと偏執を嫌って嗣子に立てず、津多姫に養子を取って家督を継がせようとした」

津多姫の許嫁（いいなづけ）に従兄弟の将行（まさゆき）を選んだのは、より濃い血を伝えようとする恩出井一族の執念だろう。

幼くして母を失った津多姫が、無理強（じ）いされた許嫁になじむはずはなかった。姫が心を許していたのは、幼なじみの鬼三郎だけだったという。

「先代の恩出井将成が頓死したとき、家督をめぐって陰湿な御家騒動があったらしい。

津多姫は父将成の遺志によって従兄弟を婿に迎えていたが、その将行が何者かに殺され、代わって庶出の小次郎将近が恩出井家の家督を継いだ。そのとき身ごもっていた津多姫は、将近が家督を継いだのと前後して、何処へともなく姿を消したという」

「そのときゆくえ不明になったお姫様が、蛤町にいたお蔦さんだったんですね」

お艶は同情したように合いの手を入れた。

「そうだ。お蔦は過去を封印して語ることはなかったが、十年前に起こった家督をめぐる騒動には裏があったのだ」

「かわいそうに。お武家のやることには面倒が多いんですね」

兵馬はしばらくためらっていたが、沼里九右衛門から聞いたことをそのまま話した。

「津多姫の良人を殺したのは、恩出井家を護る鬼の一族に生まれたという津賀鬼三郎だったのだ」

「まあ、主家殺しですか」

お艶は思わず眉をひそめた。

「そうではない。将行の殺害を命じたのは、津多姫にとっては庶出ながら兄にあたる将近だ。殺しは鬼の一族に生まれた男の宿命といえる」

「でも、お姫様の良人なら、主筋にあたるでしょう?」

「そのとき将行は、まだ家督を継いでいなかった。恩出井家からみれば将行は傍流だ。庶出ながら宗家の嫡男である将近に命令権がある」

「でも、どうして？」

「鬼三郎は将近に弱みを握られて脅迫されたのだ。しかしおのれのためにしたことではない。津多姫の名誉を守るためには、将近の命に背くことができなかったのだという」

「どんな秘密があったのです？」

「鬼三郎は禁断の恋をしていた。しかも姫が身ごもっていたのは、良人将行の子ではなく、鬼三郎の子だったのだ」

　さすがにお艶も驚きを隠せなかった。

「それでは、小袖ちゃんは……？」

　むろん津多姫と津賀鬼三郎の子ということになる。

「だから鬼三郎が将行を殺したのは、恋路の邪魔、という気持ちがなかったとは言えない。しかしそれが津多姫失踪の原因となった。姫は父を失った直後に、恋しい鬼三郎から良人を殺された。しかもそれを命じたのは、恩出井家の家督をねらう異腹の兄だ。血族の呪いに直面した姫が、すべてを封印したくなるのは当然だろう」

「そして江戸に逃れ出たお姫様は、あなたと暮らすことで、ようやく心の平安を得たのね」

お艶はいかにも羨ましそうに呟いた。

「さあ、それはどうかな。わたしはお蔦にやさしかったとは思えない」

兵馬は悔恨の思いを込めて言ったが、お艶はきらきらと瞳を輝かせて、ゆっくりと首を振った。

「あまり嫉（や）かせないでくださいな。あなたはあなたであるだけで充分なのよ」

お艶から軽く睨まれて、兵馬は困惑したように話題を戻した。

「いまから八年前に、津多姫は二年余の江戸漂流をへて怨泥の地に帰った。恩出井家の江戸家老沼里九右衛門が、たまたま津多姫を見かけて保護したのだ」

お蔦が蛞蝓（なめくじ）長屋から消えたのは、出先で津多姫に再会した九右衛門が、そのまま姫を怨泥の地に連れ去ったからだった。

お蔦が小袖を伴わなかったのは、血塗られた怨泥の地で、恩出井家の正統を継ぐわが子が殺されるかもしれないことを恐れ、ひそかな期待をもって兵馬の手に託したのだ。

忠臣の沼里九右衛門は、異腹の兄将近の魔手から津多姫を庇って、姫の身柄を怨泥の地に隠した。護衛につけられたのは、幼なじみの鬼三郎だった。

　津多姫は湖沼をめぐる水妖として生きた。水運や川越えに携わる荒くれ男たちからは、水のお頭として恐れられたが、津多姫の心が安らぐことはなかった。

「あなたを思って、泣き暮らしていたのかしら？」

　お艶は唇の端に鋭い笑みを浮かべると、ついからかうような言い方になった。

「ばかなことを申すな。そういうことを話しているのではない」

　兵馬がいつになく厳しい顔をしたので、お艶は浮かべかけた笑みを抑えて下を向いた。

「半年ほど前に、当代の将近が宿痾に倒れた。卑劣な陰謀をめぐらして家督を奪ったものの、もともと繊弱な将近に子はなかった。嗣子がなければ恩出井家は廃絶されるかもしれない。怨泥一族は談合して、急遽、津多姫を立てて家督を継がせることにした。ところがその頃になって、姫が江戸ですごしていた時期の醜聞が、なぜか怨泥の地まで伝わってきた。それを聞いた津賀鬼三郎は、あらぬ噂をばらまいている男たちを捜し出し、ひとり、また一人と殺していった。禁断の恋に身を焼いている鬼三郎としては、どのような手を使っても、姫の汚辱をこの世から抹殺してしまいたかったに違いない」

一方、江戸家老の沼里九右衛門は、津多姫が生んだ子が本所入江町にいることを探り出し、女駕籠を仕立てて一族の聖地である怨泥沼に迎え入れた。

津多姫の子、つまりほかならぬ小袖が、恩出井家の血をもっとも濃く受け継いでいるからだ。

「これで末期養子の申請が認められさえしたら、恩井出家は廃絶の憂き目をみずにすむはずだった。沼里九右衛門と津賀鬼三郎の奔走によって、かろうじて名門の家督は守られたのだ」

でも、鬼三郎さんのすることは、もう一つわからないわね、と言って、お艶はいぶかしげに小首を傾げた。

「大願成就を目前にした、大切な跡目の儀に、いきなり神官たちを斬り殺してしまったのは何故なんです？」

さっぱりとした気性のお艶には、凄まじいまでの鬼三郎の怒りが、何に由来しているのかわからないらしかった。

「たぶん鬼三郎は、仮面を着けて姫の不行跡を追及する男たちの背後に、姫の醜聞をまき散らした者の悪意をみたのだ」

兵馬は痛ましそうに言った。

「どういうことなんです？」

お艶はますますわからなくなった。

「恩井出将近は死んだが、妄念は亡魂のようにこの世に残った。怨泥沼の神官に扮していたのは、たぶん津多姫の家督相続を邪魔するため、将近に買収されていた不逞の輩だ。姫の醜聞をまき散らしていたのは、神官に化けたこの連中の仕業だったのだ」

恩出井将近の妄執は、当人の死後もなおも悪意となって津多姫を苛んだ。鬼三郎は姫の忌まわしい過去を消滅する最後の仕上げとして、凶刃をふるって悪意の根源を断ち斬ったのだ。

「これが葵屋吉兵衛が放った密偵殺しの裏話だ」

その背景にあるのは、家督をめぐる妄執だろう。お蔦はそれに翻弄されることを拒み、愛する男の後を追って死を選んだ。姫のためには残忍な殺戮を辞さなかった鬼三郎も、鬼の一族に生まれたことを呪って、みずからの死を求めていたに違いない。

「この世の修羅を生きてきた津多姫と鬼三郎も、最後は一緒に死ぬことによって、身分違いの恋を貫いたわけだ」

言いながら、兵馬はしだいに不機嫌になっていった。そのように、軽く言ってしまってよいのだろうか。われながら、随分と軽薄な男になってしまったものだ。

「素敵なお話ね」

決して短くはない物語を、細部まで熱心に聞いていたわりには、お艶の言い方は妙に素っ気なかった。

「それにしても、ひどいじゃありませんか」

どうやら、お艶が怒っているのはそのことらしい。

「あたしに黙って、突然どこかへ行ってしまって、しかも肝腎な小袖ちゃんを、連れ帰ってこないなんて」

そのために出掛けたんじゃないんですか、とお艶はまだ臍（へそ）を曲げている。

「このあいだは、富沢町の葵屋さんから、樽酒が一本届きましたよ。いったい、どういうことなんでしょうね」

葵屋吉兵衛は、報酬の割増でも交渉に行った駒蔵から、殺し屋が死んだことを聞いたのだろう。もう傷も治って、邸内に築いた檻の中から、出ることができたのかもしれない。

吉兵衛もこれに懲りて、若い女を囲ったり、いい女にちょっかいを出したりしなければよいが、金のある連中のすることはよくわからぬ、と兵馬は舌打ちした。

兵馬は両国橋の欄干に頬杖をついて、大川の流れを眺めた。江戸ではこの隅田川を大川などと呼んで、他に大きな川はないように思っているらしいが、怨泥一族が支配している利根川の流域は、まるで海のように広かった。

お艶も兵馬に寄り添うと、おなじような格好をして、欄干の上に頰杖をついた。

冬に入ってからは、大川の水量もぐんと減ったが、白帆を張った荷船は、相変わらず頻繁に出入りしている。

両国橋に近づくと、大船は帆を下ろして帆柱を抜かなければならない。帆柱をぶつけて橋桁を壊さないよう、気を使っているのだ。

そのため両国橋の付近になると、船頭たちの掛け声はいっそうにぎやかになる。

「もし、旦那。旦那じゃござんせんか」

でっぷりと太った男が兵馬の背後から声をかけた。

「やっぱり旦那だ。いきなり江戸から消えなすって、いつ帰って来られたんで。知らせてくださりゃ、お迎えに上がりましたのに。水くせえじゃあござんせんか」

聞き覚えのある声に振り向いてみれば、以前は駒蔵の賭場に出入りしていた『突っ張り』の三次だった。

「こう不景気では賭場もあがったりだ。そこであっしも賭場から足を洗って、商売を替えました」

わずか見ないうちに、妙に恰幅がよくなっているので、兵馬は最初のうちは、この男が三次だということに気づかなかった。

「こんどは、何をしているのだ」

三次は金の縁飾りを付けた煙草入れから、金象眼の入った銀煙管を取り出すと、キザな手つきで煙草の火を付けた。

「まあ、両替屋、てところでしょうな。貧乏人は、金貸しだの、高利貸だのと言って毛嫌いしていますが、あっしにとっては、利子の払いさえよければ、どんなお人でもお客さんだ。どうです先生、四分の利子で貸してあげますぜ。この業界じゃあ、良心的な商いをしているんです」

賭博であぶれ者から巻き上げた金銭を資本にして、こんどは貧乏人から高利を絞り取るつもりらしい。

「生憎だね。あたしゃ借金とは縁のない女さ」

ふり返ったお艶の顔を見ると、これは驚いた、お艶姐さんじゃござんせんか、と言って、三次はあわてて橋の欄干から飛びのいた。

「貧乏人がいくら意地を張ったところで、どうせ最後にはあっしのところへ泣きついてくるんだ。そのときゃ、世間相場なみに、利子六分で貸してやらあ」

捨てぜりふを残して逃げていった。

「江戸にはつまらぬ奴らが多いな」

兵馬はまた欄干に頬杖をついた。

「どうしてしまったのさ。水ばっかり眺めて。まさか水妖に、取り憑かれてしまったんじゃないでしょうね」

お艶はまだ嫉妬している。

そうかもしれない、と兵馬は思った。津多姫と呼ばれていた水妖の、ぞっとするような美しい姿が、ときどき幻覚のようによみがえってくることがある。

たとえば、と兵馬は思った。いまも大川に浮かんだ小舟から、綺麗な着物を着た可愛らしい娘が、嬉しそうに精一杯伸びがって、しきりに何かを呼びかけている。

あれも水妖の一種か、と兵馬は苦笑した。

「おじさあぁん。おじさあぁん」

小舟が近づくにつれて、両国橋の上に向かって呼びかけている小娘の声が、しだいにはっきりと聞こえるようになった。

「おじさあぁん。おばさあぁん」

小娘が呼んでいるのは、一人だけではないらしい。

「あっ、あれは小袖ちゃんよ」

お艶は急に明るい声をあげると、欄干から落ちそうになるほど身を乗り出した。

「どうしたのだ。あぶないぞ」

お艶も幻聴を聞くようになったのか、と兵馬は思った。気丈で屈託のなかったお艶が、小袖がさらわれてから、これまでは片鱗さえなかった鬱屈をみせるようになった。それが高じて、とうとう幻覚や幻聴に悩まされるようになったのか。

「違うわよ。あの声を聞いて」

欄干に身を乗り出していたお艶が、嬉々として兵馬の顔を見返った。

「兵馬のおじさあぁん。お艶おばさあぁん」

小舟の上に伸び上がって叫んでいるのは、まぎれもない小袖だった。

「あたし、帰ってきたよ。待ってて。いま、そちらにゆくからね」

小袖は橋の上を見上げながら、千切れそうになるほど手を振っている。

「こいつは驚いたな。小袖の傍らに座っているのは、倉地殿ではないか。これはいったいどうしたというのだ」

御庭番の倉地文左衛門が、にこにこと屈託のない笑顔を見せながら、橋の欄干に寄り添っている兵馬とお艶に向かって、照れ臭そうに手を振っている。

「小袖ちゃんは、倉地の旦那が言ったことを、覚えていたのよ」

お艶は、兵馬の顔をふり仰ぐようにして、おかしそうに笑った。

「あなたのお使いで、室町三丁目の浮世小路まで、倉地の旦那に会いにいったことがあるでしょ。そのとき倉地さまは、小袖ちゃんを気に入って、困ることがあったら喜多村まで来るがよい、力になってやることができるかもしれない、って言ってくれたのよ」

お艶は得意げな顔をして説明した。

「小袖ちゃんは、あれから江戸に連れて来られて、きっと根津権現裏の旗本屋敷にいたのね。恩出井家の御息女だから、大切に扱われていたには違いないけれど。小袖ちゃんは隙をみて御屋敷を逃げ出し、喜多村に行ったのよ」

そして公儀御庭番、倉地文左衛門に保護されることになったわけか、と兵馬は思った。

「気の毒に、あの忠義者の沼里九右衛門が、今頃は血眼になって、あの悪戯娘を捜しているぞ。年寄りに、あまり心配をかけさせない方がよいのにな」

するとお艶は形のよい唇を尖らせ、ずいぶん強引な論法を使って、兵馬の冷淡さに対して文句を言った。

「まあ、なんてことをおっしゃるの。あの娘は、あたしたちの子ではありませんか」

時代小説

二見時代小説文庫

水妖伝 御庭番宰領

著者 大久保智弘

発行所 株式会社 二見書房
東京都千代田区三崎町二−一八−一一
電話 〇三−三五一五−二三一一［営業］
〇三−三五一五−二三一三［編集］
振替 〇〇一七〇−四−二六三九

印刷 株式会社 堀内印刷所
製本 ナショナル製本協同組合

落丁・乱丁本はお取り替えいたします。
定価は、カバーに表示してあります。

 ISBN978−4−576−06046−0
http://www.futami.co.jp/